GELIEBTER HASS

ILONA BULAZEL

Geliebter Hass

EI Ilona Bulazel
6 B Avenue des Isles d'Amérique
F-34300 Agde

E-Mail: kontakt@autorib.de
Website: https://www.autorib.de
Facebook: https://www.facebook.com/ilonabulazel
Newsletter-Anmeldung: https://www.autorib.de/newsletter

Ausgabe 18/9/2024

Korrektorat: Lektorat Zeichenmanufaktur

Cover / Photo Images © Depositphotos /
serezniy (Leonid Iastremskiy), designworkz (Gangadhar Kadam),
angel_nt (Anna Ivanova)

ISBN: 9798339653875
Imprint: Independently published
Dépôt légal: Septembre 2024
Weitere Infos zum Druck: siehe Buchende

1

Die zehnjährige Sandra hielt den Atem an, als sie zitternd über die schmale Mauer balancierte. »Das ist genau wie auf dem Schwebebalken«, flüsterte sie und stellte sich vor, auf dem hellen, abgenutzten Holz zu stehen, darauf vertrauend, dass sie die dicken blauen Bodenmatten auffangen würden, wenn sie denn jemals den Halt verlieren sollte.

Sandra war eine begnadete Turnerin. Erst letzte Woche hatte sie auf dem nur wenige Zentimeter breiten Sportgerät das Rad geschlagen. Die anderen Mädchen hatten geklatscht und selbst die Sportlehrerin Frau Reinke, die für ihre Strenge und Humorlosigkeit bekannt war, hatte sich ein anerkennendes Lächeln abringen können.

Sandra zweifelte bereits an ihrer Entscheidung, wünschte sich zurück ins Bett; die Decke über den Kopf ziehend und davon träumend, dass Mama auftauchen und sie von hier fortholen würde. Für einen Augenblick hielt sie inne, überlegte, ob sie umkehren sollte. Vielleicht war es doch keine so kluge Entscheidung gewesen, den Schulranzen mit ihren wenigen Habseligkeiten zu packen und zu glauben, sie könnte auf eigene Faust losziehen. Bleiben wollte sie allerdings auf keinen Fall und wenn sie erst einmal ihre Mutter gefunden hätte … Das Mädchen war überzeugt davon, dass diese sich – krank vor Sorge – längst auf die Suche begeben hatte.

Vorsichtig setzte sie deshalb weiter einen Fuß vor den anderen und versprach im Stillen: *Mama, ich werde dich finden und dann sind wir wieder eine Familie!*

Hinter sich hörte Sandra ein Keuchen, das sie als Aufforderung verstand, sich zu beeilen. Gehetzt bewegte sie sich weiter. Wenn sie erst einmal die Regenrinne erreicht hätte, wäre es ganz einfach. Sie musste nur daran herunterrutschen und dann, so schnell sie konnte, in den Wald rennen.

»Sandra!«, hörte sie das Rufen und begann, schneller zu werden. Die Arme hatte sie seitlich ausgestreckt, um das Gleichgewicht zu halten.

Der Mond warf ein silbernes Licht auf die alten Steine, schaffte damit gerade genug Helligkeit, um ihr den Weg zu weisen. Den Wald konnte sie nur erahnen, glaubte jedoch, das Rauschen zu hören, das sie stets vernahm, wenn sich die Blätter der dichtbewachsenen

Baumkronen vom Wind hin und her schaukeln ließen. Es klang einladend – im Gegensatz zu den Rufen der Käuzchen, die eine Atmosphäre schufen, die Sandra an gruselige Geschichten und Filme erinnerte.

Weiter, gleich ist es geschafft, sprach sie sich selbst Mut zu.

Im gleichen Augenblick rutschte sie aus und knallte mit einem Knie hart auf die Mauer. Der Schmerz durchfuhr zwar ihren Körper wie ein Messerstich, doch schlimmer war die Angst abzustürzen. Sie konzentrierte sich darauf, die Balance wiederzufinden, und richtete sich vorsichtig auf. Auch das Rufen hinter sich ignorierte sie, versuchte, die Panik zu unterdrücken und an die Mutter zu denken, der sie so grob entrissen worden war. »Mama, ich finde dich«, munterte sie sich selbst auf und führte ihren Weg fort. »Nur noch ein paar Meter, ich schaffe das«, sagte sie leise und das Keuchen hinter ihr klang wie ein »Ja!«.

Sie sah bereits die Regenrinne des Nebengebäudes, das direkt an die Mauer angrenzte; diese würde sie in die Freiheit führen.

»Gleich ist es geschafft!«, stieß sie erleichtert und viel zu laut aus. Für einen Augenblick hatte sie vergessen, dass sie das verraten könnte. Als sie ihren Fehler bemerkte, sich schnell die eigene Hand vor den Mund hielt, war es bereits zu spät. Der Strahl der Taschenlampe richtete sich wie der anklagende Zeigefinger eines Verräters auf sie. Entschlossen, dem zu entfliehen, legte sie erneut an Tempo zu, ignorierte all das, was hinter ihr geschah, zwang sich, keinen Blick zurückzuwerfen und das Ziel nicht aus den Augen zu verlieren.

Die Rufe wurden lauter, jemand schrie: »Du wirst mir nicht entkommen!«

Vielleicht war es der Schreck über die Drohung, womöglich das grelle Licht der Taschenlampe, eventuell auch ein unerwarteter Windstoß, der sie straucheln ließ. Hektisch ruderte sie mit den Armen, schwankte gefährlich vor und zurück – aber dieses Mal gelang es ihr nicht, das Gleichgewicht wiederzufinden. Verzweifelt fuchtelte sie herum, und tatsächlich fanden ihre Finger Halt. Kurzzeitig glaubte sie, gerettet zu sein.

Eine Sekunde später schwebten ihre Füße jedoch in der Luft. In diesem Moment wusste sie, dass sie sich geirrt hatte, es gab keine Rettung. Der zierliche Körper der Zehnjährigen stürzte mehrere Meter in die Tiefe, bevor er brutal auf dem Steinboden aufschlug. Der Schmerz ließ ihr Tränen in die Augen schießen, sie hatte es nicht geschafft. Kein Applaus, kein Lächeln; sie hatte versagt, lag auf dem Bauch, völlig hilflos. Mühsam drehte sie ihren Kopf ein wenig, sah das vertraute Gesicht, das ihr letzten Endes zum Verhängnis geworden war.

»Ich muss meine Mama finden«, röchelte sie kraftlos, erhielt jedoch keine Antwort. »Es tut so weh«, weinte sie verzweifelt, als sich eine Gestalt über sie beugte. »Es tut so weh«, wiederholte sie nochmals leiser – dann trübte sich ihr Blick, denn der Tod hatte die Gelegenheit genutzt, um sich dem jungen Leben von Sandra Merten zu bemächtigen.

2

40 Jahre später

Das Zimmer war ungemütlich, wirkte schmuddelig und klamm, vermutlich weil es trotz der kühlen Oktobertage immer noch nicht beheizt wurde. In der Ecke neben dem Fenster breiteten sich bereits dunkle Schimmelsporen aus. Die Einrichtung hatte viele Jahre auf dem Buckel, manche Schubladen fehlten, eine der Schranktüren hing nur noch an einem Scharnier und im Inneren der Möbel herrschte Chaos. Über Jahrzehnte angesammelte Besitztümer, lieblos hineingestopft, verrieten, dass der Bewohner keinen ausgeprägten Ordnungssinn besaß.

Ralf Linde betrachtete den Schimmel an der Decke mit einem hämischen Grinsen und kommentierte die

Stelle mit den Worten: »Der Tod scheint bereits die Mauern zu überwinden.«

Sein flapsiger Spruch wurde mit einem Brummen zur Kenntnis genommen, dem ein gequältes Husten folgte. Der Sterbende im Bett war gerade nicht in der Lage zu antworten.

»Ist schon Scheiße, wenn man nicht mehr das letzte Wort hat, was?«, reagierte Ralf und stand von seinem Sessel neben dem Bett auf.

Die Pflegekraft hatte vorhin neue Laken über die Matratze gezogen und auch die Decke ausgeschüttelt. So türmte sich nun ein aufgeplustertes Federbett über dem knochigen Körper von Ralfs Vater.

»Die frische Bettwäsche ändert auch nichts an dem Gestank seines Siechtums«, war es Ralf herausgerutscht und die Krankenpflegerin hatte ihn daraufhin mit einem pikierten Blick bedacht.

»Was?«, war er ungeduldig geworden. »Soll ich etwa so tun, als würde sein vor sich hinfaulender Körper und die vollgeschissenen Windeln duften wie eine Sommerwiese?«

»Nein«, hatte ihm die Frau geantwortet, »aber solche Äußerungen einfach für sich zu behalten, wäre Ihrem Vater gegenüber das Mindeste. Sie sollten ihm Respekt zollen.«

»Sicher«, hatte Ralf sich zunächst einsichtig gezeigt, bevor er ungeduldig gefragt hatte: »Wie lange wird es denn noch dauern? Als mich der Arzt gestern verständigt hat, hieß es, dass ihm nicht mehr viel Zeit bleibt, und jetzt hocke ich hier schon seit Stunden. Eigentlich war von meiner Seite kein gemeinsames Weihnachten eingeplant«, fügte er noch ironisch an.

Ohne ihm eine Antwort zu geben, hatte die Frau daraufhin die Wohnung verlassen.

Gelangweilt sah er sich nun im Zimmer um, erinnerte sich an die Dinge, die bereits fehlten, Dinge, die ihm wenigstens einen kleinen Gewinn eingebracht hätten.

Gelegentlich blickte er Richtung Bett und stierte auf die Decke in der Hoffnung, sie würde endlich aufhören, sich anzuheben und zu senken. Das wäre dann ein sicheres Zeichen dafür, dass seinem Vater der Atem ausgegangen war.

Ungeniert begann er schließlich, die Schubladen und Schränke zu öffnen, wühlte immer hemmungsloser in den Taschen der alten Jacketts und schüttelte die Hosen und Mäntel seines Vaters aus. Ein leiser Pfiff entfuhr ihm, als er in einer Tasche fünfzig Euro fand und erfreut steckte er auch die Quarz-Armbanduhr ein, die er im Internet verkaufen wollte. Ein Rascheln ließ ihn aufschrecken.

Vom Bett erklang die Stimme seines Vaters. »Ralf, bist du das?«, fragte ihn der Alte mit schwacher Stimme.

»Wer denn sonst?«, gab sein Sohn wenig freundlich Antwort. »Wird sich kaum sonst jemand einfinden, um dir beim Sterben zuzugucken.«

Ottmar Linde schien die Bemerkung nicht gehört zu haben, denn flehentlich bat er: »Komm her, Junge.«

Ralf konnte nicht verhindern, dass sich ihm bei der Bitte der Magen zusammenzog. Es war nicht immer so gewesen, dass diese drei Worte mit so viel Zärtlichkeit ausgesprochen worden waren. Im Gegenteil, für gewöhnlich war diese Aufforderung nichts anderes gewesen als die Ankündigung von Schmerz. Sadistisch ausgeführte Bestrafungen, Demütigungen und Hass.

Mit einem Kopfschütteln besann sich Ralf, dass er nun nichts mehr zu befürchten hatte, und trat mit verbissener Miene ans Bett. »Was willst du?«, fragte er schroff.

»Es tut mir leid«, hauchte der Mann, der beängstigend viel Ähnlichkeit mit einer mumifizierten Leiche hatte.

»Und jetzt was?«, gab Ralf zynisch zurück. »Ich verzeihe dir und du kannst in Ruhe sterben?« Heiser lachte der Dreißigjährige auf. »Vergiss es, *geliebter* Vater. Ich vergebe dir niemals, dass du mich hast büßen lassen. Für alles, was dir meine Mutter angeblich angetan hat. Dass sie es nicht bei dir ausgehalten hat, weil du sie wie eine Gefangene behandelt hast, dass du sie von uns weggetrieben hast.«

»Sie hat ihr Kind zurückgelassen, welche Mutter tut das?«, schien Ottmar Linde für einen Augenblick klar.

Einerseits gefiel es Ralf, dass die Wirkung des Morphins nachließ – sollte der Alte nur erfahren, was es bedeutete, Schmerzen zu haben – andererseits war er nicht scharf darauf, den Tag mit einem Mann zu verbringen, der unentwegt stöhnte und jammerte.

»Eine verzweifelte Mutter«, gab er seinem Vater patzig Antwort.

»Sie ist gegangen, weil sie nur ihr Vergnügen kannte, eine Egoistin. Und du bist genau wie sie. Sie hat nichts getaugt und du taugst noch weniger. Versager, alle beide. Du bist ein Nichts, ein Niemand, sonst hätte sie dich sicherlich nicht so leichtfertig bei mir zurückgelassen. Versager …«, schimpfte der Alte weiter, bis ihn ein weiterer Hustenanfall verstummen ließ.

Ralf betrachtete das von Krankheit gezeichnete Gesicht. Aber im Gegensatz zu der Pflegekraft und dem Arzt sah er noch viel mehr. Er sah das dämonische, grausame Antlitz von Ottmar Linde. Deshalb war da kein Mitleid, keine Trauer und schon gar keine Bereitschaft, ihm jemals zu vergeben.

Noch während sich der Mann im Bett verkrampfte, während Speichel aus seinem Mund tropfte, griff Ralf nach einem der Kissen. Es wäre so einfach, niemand würde Fragen stellen. Jeder wusste, dass Ottmar Linde nur noch wenige Stunden hatte.

»Was ist?«, fragte der nun völlig ruhig. »Willst du mich töten? Dann tu es!« Wieder folgte ein gequältes Husten.

»Nein«, antwortete ihm Ralf lässig und ließ das Kissen sinken. »Ich werde dich nicht erlösen, denn das hast du auf keinen Fall verdient. Ich sollte mich stattdessen in den Sessel gegenüber setzen und dir dabei zusehen, wie dir ganz langsam der Sauerstoff ausgeht. Wie es mit jedem Atemzug schwieriger wird zu überleben und du dich erfolglos an dein Leben klammerst und schließlich elendig verreckst. So wie du es verdient hast.«

Obwohl Ottmar Tränen über das Gesicht liefen, erbarmte sich Ralf nicht, setzte sogar noch nach. »Das Geflenne hilft dir jetzt auch nicht mehr. Nichts ist vergeben und jetzt wird es Zeit, krepier endlich.«

Ralf spürte die Wut in sich aufsteigen. Gerne hätte er auf den Vater eingeprügelt, ihm alles zurückgezahlt, aber das hätten die vom Pflegedienst sicher bemerkt und außerdem war er deshalb nicht gekommen. Sein Blick wanderte auf seine Armbanduhr. Die Pflegekraft wollte bald wieder zurück sein, also besser keine weitere Zeit verschwenden. Ralf nahm sich die Schränke im Wohnzimmer und in der Küche vor. Auch wenn die Krankheit seines Vaters dessen finanzielle Reserven weitestgehend aufgebraucht hatte, musste doch noch irgendwo etwas sein. Ralf konnte sich nicht erinnern, dass im Hause Linde jemals etwas verschwendet wurde. Sein Vater war zeitlebens ein Geizkragen gewesen. Immer alles billig, das war Ottmars Divise gewesen und nach außen hin der verständnisvolle Mann mit einem offenen Ohr für die Probleme anderer Leute.

Ralf fluchte laut, machte sich Luft und fegte dabei gereizt einen Stapel Zeitschriften vom Couchtisch, nur um sich daraufhin umständlich auf den Boden zu knien und alles wieder aufzuheben. Dabei entdeckte er es: ein etwa zwanzig Zentimeter langes Stück der Fußleiste, die um die altbackene Schrankwand genagelt worden war, um sie so vor den Rempeleien des Staubsaugers zu schützen, hatte sich etwas gelöst. Einem Reflex folgend, wollte er das Teil wieder an seinen vorgesehenen Platz schieben, als er bemerkte, dass sich dahinter ein Hohlraum verbarg.

»Da also hat er sein Geld versteckt«, frohlockte der Dreißigjährige und beglückwünschte sich im Stillen zu seiner Entscheidung, die Wohnung noch schnell zu durchsuchen.

Ralf wusste, dass sein Vater mittlerweile verschuldet war, er würde das Erbe deshalb natürlich nicht annehmen. Aus diesem Grund würde man ihm dann jedoch, sobald Ottmar Linde gestorben war, den Zugang zu den Habseligkeiten seines Vaters verwehren. Jetzt galt es einzusammeln, was immer ihm möglich war.

Seine Hand wanderte ungeduldig in das Loch und bekam eine Plastiktüte zu fassen. Ralf, der sich bereits vorgestellt hatte, darin ein Bündel Banknoten zu finden, blickte daher zunächst enttäuscht in die abgenutzte Tüte. Vermutlich hatte sie sein Vater viele Male in der Hand gehalten.

Ungeduldig leerte er deren Inhalt auf den Boden.

Tatsächlich fand sich darin ein Hochzeitsbild seiner Eltern. Das weiche, strahlende Gesicht der Mutter ließ Ralf innehalten. Er hatte dieses Foto noch nie gesehen und vermutlich war es neben dem, das er in seinem Geldbeutel trug, und das bereits verblasst war, das einzige, das ihm als Erinnerung bleiben würde. Er entfernte den Rahmen, zog es heraus und knickte es in der Mitte, sodass sein Vater verschwand.

Dann fiel sein Blick mit einem zufriedenen Grinsen auf eine Goldmünze, einen Krügerrand, der würde sicher ein paar hundert Euro bringen. Außerdem gab es noch ein Etui, in dem sich eine hässliche Krawattennadel befand, die womöglich mit echten Steinen besetzt war – und dann betrachtete Ralf den gepolsterten Umschlag, auf dem ein Name stand, der ihm nicht unbekannt war. Ohne zu zögern, zerriss er das Kuvert, schüttelte den Inhalt heraus und betrachtete kurz darauf den rechteckigen Apparat in seinen Händen. Unwillkürlich kam ihm eine vage Idee, was es damit auf sich haben könnte, und über sein Gesicht huschte ein wissendes Grinsen. Die Batterien darin waren ausgelaufen und ungeduldig kramte er in einer der Küchenschubladen nach Ersatz. Als er das kleine Diktiergerät, das er für ein Relikt der Achtzigerjahre hielt, schließlich in Betrieb nahm, erkannte er zunächst die Stimme seines Vaters und kurz darauf eine ihm unbekannte, die er jedoch mit dem Namen auf dem Umschlag verknüpfte. Sofort wurde ihm klar, über was die beiden Personen sprachen, und ahnte, warum sein Vater diese Aufnahme gemacht, aufbewahrt und sogar versteckt hatte …

Kurze Flashbacks versetzten ihn in seine Kindheit, erinnerten ihn an einen Streit, Namen wurden genannt, auch der auf dem Umschlag und es ging um einen Brand. Dinge, die geschehen waren, bevor Ralf geboren wurde. Dinge aus der Vergangenheit, die die Zukunft beeinflusst hatten.

Er hatte sich oft gefragt, warum seine Mutter gegangen war, nie an die Version des Vaters geglaubt, sie hätte ihr eigenes Kind nicht länger ertragen können. Womöglich klammerte er sich auch nur an den Gedanken, dass er von ihr geliebt worden war, sie jedoch keine Wahl gehabt hatte.

Immer deutlicher erinnerte er sich an jenen Streit, er musste etwa zehn Jahre alt gewesen sein. Ein später Besuch, eine Frau. Natürlich wurde er vom Vater sofort in sein Zimmer geschickt, aber er hatte versucht zu lauschen und einen kurzen Blick auf die Fremde erhascht. Die beiden hatten nicht laut gesprochen, deshalb hatte er nur Bruchstücke der Unterhaltung verstanden.

»Zieh mich da nicht mit hinein«, hatte sein Vater gesagt, »ich werde sicher keine Aussage machen und wenn du mich zwingst, wird das nach hinten losgehen.«

»Drohst du mir etwa?«, hatte die Frau daraufhin kalt erwidert.

»Ich warne dich. Und jetzt verschwinde und tauche nie wieder hier auf.«

Oh ja, Ralf wusste ziemlich genau, was er hinter der Fußleiste gefunden hatte. Er spulte das Band zurück, eilte damit ins Schlafzimmer und hielt es seinem Vater ans Ohr. Der zuckte zusammen, war offensichtlich eingeschlafen, dann jedoch schien er hellwach und riss seine Augen auf. »Das ist nicht für dich bestimmt«, krächzte der Alte. »Versprich mir, es zu vernichten.«

»Warum sollte ich?«, widersprach Ralf mit Genugtuung.

»Weil es nicht mehr wichtig ist. Und es wird dir nichts nützen«, erwiderte Ottmar Linde kraftlos.

»Das werden wir noch sehen«, antwortete ihm sein Sohn unnachgiebig. »Ich entscheide selbst, was mir nützt und was nicht.«

»Bitte«, kam es verzweifelt über die Lippen des Vaters.

Aber Ralf ignorierte ihn, setzte sich wieder in den Sessel neben dem Bett und dachte über seinen Fund nach: *Es gibt immer irgendwen, der bereit ist, einen Preis zu bezahlen. Und ich habe eine Entschädigung dafür verdient, dass ich von einem Arschloch großgezogen wurde.*

Als sich die Wohnungstür öffnete, rief die Pflegekraft nach Ralf.

»Ich bin hier, im Schlafzimmer, er schnauft noch«, gab er lapidar Antwort.

Sie bedachte ihn beim Eintreten mit einem

tadelnden Blick, machte sich dann am Tropf zu schaffen.

Ralf stand auf. »Ich gehe jetzt«, sagte er entschlossen.

»Er wird die Nacht nicht überleben«, versuchte die Krankenschwester, an sein Mitgefühl zu appellieren.

»Um so besser«, antwortete er ihr und ließ sie stehen.

»Es tut mir so leid, Herr Linde«, sagte sie daraufhin rücksichtsvoll zu ihrem Patienten.

Ottmar Linde drehte langsam den Kopf in ihre Richtung und stammelte: »Er hat noch nie etwas getaugt. Ein Versager, genauso wie seine Mutter.« Dann schloss er die Augen.

Drei weitere Stunden trotzte er dem Tod noch ab, dann hörte sein Herz auf zu schlagen, auch wenn sein Sohn für immer der Meinung sein würde, dass der Vater Selbiges nie besessen hätte.

3

Frankfurt Rödelheim, etwa zur gleichen Zeit

Erik Tamm musste nicht lange nach ihr Ausschau halten. Er entdeckte sie unter einem Vordach, das sie vor dem Regen schützte, sodass sie ihren Blick ungestört auf das Haus gegenüber richten konnte. Er hatte in der Parallelstraße geparkt und eilte nun mit schnellen Schritten auf sie zu.

Das erste Mal fiel ihm auf, dass sich zwischen ihren roten Haaren auch einige graue Strähnen eingeschlichen hatten, dennoch glänzten sie immer noch wie an jenem Tag, als er ihr das erste Mal begegnet war. Das kleine Mädchen mit den traurigen Augen. Wie alt war sie da gewesen? Sieben oder acht? Damals hatte er sie für eine Nervensäge gehalten und natürlich nicht geahnt, dass sie die nächsten Jahrzehnte sein Schicksal sein würde.

»Ich wusste, dass ich dich hier finde«, sagte er statt einer Begrüßung.

Sie sah ihn nicht an, sondern erwiderte leise: »Und ich wusste, dass du kommen würdest.«

Automatisch legte er seinen Arm um sie und Viola schmiegte sich an ihn.

»Nico hat wohl nicht dabei sein wollen?«, konnte er sich einen süffisanten Tonfall bei seiner Frage nicht verkneifen.

Sie hob und senkte die Schultern, anstatt zu antworten. Die Bewegung ihres Körpers löste unweigerlich bei ihm eine Reaktion aus, selbst ihre bloße Anwesenheit konnte ihn erregen.

»Du solltest Nico loswerden«, sagte er halb ernst halb scherzhaft, woraufhin Viola auflachte, so wie gewöhnlich, wenn er dieses Thema anschnitt. Heute sah sie sich allerdings auch noch genötigt, Nico in Schutz zu nehmen. »Er meint es gut mit mir.«

»Indem er dich im Stich lässt?«, konnte Erik nicht an sich halten.

»Er weiß nicht, dass ich hier bin. Ich habe es ihm nicht gesagt.«

»Wie ist das möglich? Er wird das Datum doch nicht vergessen haben«, empörte er sich daraufhin.

»Natürlich hat er das nicht vergessen, sei nicht so gemein«, ermahnte ihn Viola. »Er geht davon aus, dass ich es dieses Jahr nicht tue.«

»Und wie kommt er darauf?«

Sie schnaufte genervt, löste sich aus seiner Umarmung und drehte ihm ihr Gesicht zu. Im harten Tageslicht sah man die feinen Linien um ihren Mund und die Augen und die tieferen Falten auf der Stirn. Dennoch hatte sie selbst mit ihren achtundvierzig Jahren immer noch etwas Kindliches an sich. Ihre Verletzlichkeit hatte Erik immer schon das Gefühl gegeben, sie beschützen zu müssen.

»Er denkt, ich sollte damit aufhören, meint, dass es nicht gut für mich ist. Er möchte, dass ich mit der Vergangenheit abschließe, deshalb habe ich ihm nicht gesagt, dass ich herkomme.«

»Ich würde das niemals von dir verlangen, ich gehe mit dir, so weit du möchtest«, erklärte Erik mit Nachdruck.

»Ich weiß«, hauchte sie und schenkte ihrem Gegenüber ein Lächeln. »Dafür bin ich dir dankbar.«

»Zieh zu mir«, platzte es aus ihm heraus.

»Und dann was?«, fragte sie schroff. »Wir haben das doch durch. Nico sorgt dafür, dass ich keine Dummheiten mache, er ist vernünftig und passt auf mich auf.«

»Und ich tue das nicht?«, erwiderte Erik ärgerlich.

»Du bist gefährlich für mich«, sagte sie emotionslos.

Mit einem amüsierten Grinsen erwiderte er daraufhin: »Das hat dir bisher immer gefallen.«

Viola legte den Kopf schräg und lächelte. »Sicher,

aber es kommt eben auf die Dosis an.« Sie stierte wieder zum Haus auf der anderen Seite, schob trotzig das Kinn nach vorne und sagte mit fester Stimme: »Ich werde sie jetzt einwerfen.«

Abrupt setzte sie sich in Bewegung. Den Briefumschlag mit der Trauerkarte zog sie, während sie über die Straße ging, aus ihrer Handtasche.

Dabei ignorierte sie den Verkehr und als Erik rief: »Pass auf!«, übertönte das Hupen der erbosten Autofahrer, die Viola dafür verfluchten, dass sie so plötzlich und ohne nach links oder rechts zu sehen, die Fahrbahn überquert hatte, seine Warnung.

Der Fünfzigjährige schüttelte resigniert den Kopf, als er sie beobachtete und konnte plötzlich nur noch daran denken, mit ihr zu schlafen.

Kurz darauf saßen sie in Eriks Auto.

»Sie wird sie finden, wenn sie vom Einkaufen zurückkommt, dann leert sie den Briefkasten«, brach Viola das Schweigen.

»Das ist gut«, sagte er bemüht, ihr das Gefühl zu geben, sie zu verstehen.

»Sie geht jeden Tag um die gleiche Zeit einkaufen und immer abends noch ans Grab ihres Mannes. Jeden Tag, so als hätte sie den geliebt.«

»Vielleicht war es ja so?«, warf Erik leichtsinnigerweise ein.

Viola brauste auf. »Diese Frau hat nie *irgendwen* geliebt, da bin ich mir sicher.«

»Vermutlich hast du recht«, lenkte er schnell ein.

»Am Nachmittag bringt sie den Müll raus«, fuhr Viola fort, als hätte er sie nicht unterbrochen. »Täglich das Gleiche.«

»Wann hast du das herausgefunden?«

»Ich habe sie letzte Woche beobachtet«, gab sie ihm Antwort, als wäre das das Normalste der Welt.

»Wieso?«, fragte Erik überrascht.

»Nico hat mich das auch gefragt«, erwiderte Viola genervt und Erik ärgerte sich. Wenn es eines gab, was er partout nicht wollte, dann, dass man ihn mit Nico verglich.

»Was hast du ihm geantwortet?«, fragte er gepresst.

»Nichts, weil er es nicht verstehen würde. Aber dir sage ich, es war nötig, um mich zu erinnern.« Daraufhin schwieg sie einen Moment, sah aus dem Fenster und betrachtete die Häuser des Frankfurter Stadtteils Rödelheim, bevor sie sagte: »Lass uns zu dir fahren.«

Der Sex mit Viola war für Erik wie immer aufregend. Vielleicht lag es daran, dass er nie wusste, wann es passierte, dass sie während all der Jahre für ihn die erregendste Frau auf Erden geblieben war. Erst vor zwei Tagen hatte er eine Fünfundzwanzigjährige im Bett gehabt, die sich nicht gescheut hatte, die unanständigsten Sachen mit ihm anzustellen, und dennoch dachte er, auch wenn er mit anderen Frauen schlief, dabei oft an Viola. Womöglich war es die Art, wie sie sich ihm völlig hingab. Ihm kam es dann so vor, als würde er sie das erste Mal berühren, als wäre es wie damals, als er sie entjungfert hatte.

»Du wirst das tun, Nico ist dafür nicht der Richtige«, hatte sie ihm nüchtern gesagt. Er war fünfzehn gewesen, sie dreizehn.

Auch jetzt lag sie wieder unter ihm, lächelte glücklich und streichelte sanft seinen Rücken. Und wie auch damals hielt der Zauber nicht lange an.

Viola kam auf die Trauerkarte zu sprechen. »Denkst du, ich sollte mehr tun, als nur eine Karte einwerfen?«

»Was schwebt dir denn vor?«, ging er darauf ein und rollte sich zur Seite. Auf dem Nachtisch lag eine Packung Zigaretten. Er zündete zwei an und reichte eine weiter an Viola.

»Ich rauche nur, wenn ich mit dir Sex hatte«, sagte sie lachend. »Nico bringt mir hinterher immer ein Glas Wein.«

»Ich weiß«, murmelte Erik zähneknirschend, der nicht die geringste Lust hatte, sich über Nico zu unterhalten. Deshalb sagte er schnell: »Was willst du denn mehr tun, wir haben doch schon alles versucht.«

Sie räkelte sich, nahm einen tiefen Zug ihrer Zigarette, stieß den Rauch aus und beobachtete, wie die feinen Schwaden zur Decke schwebten. »Das ist ja das

Schlimme«, antwortete sie ihm schließlich, »ich würde gerne mehr tun, aber ich weiß nicht was.«

Erik wollte etwas erwidern, als ihn der Klingelton von Violas Handy unterbrach. Ohne Eile stand sie auf und ging nackt durchs Zimmer, bis sie ihre Tasche fand. Kurz darauf hörte er, sie sagen: »Ich bin bei Erik, du kannst mich abholen.«

Als sie aufgelegt hatte, hob sie ihren linken Arm und schnupperte unter der eigenen Achsel. »Ich werde duschen«, sagte sie und verschwand wie selbstverständlich im Bad.

Erik hievte sich aus dem Bett und zog sich an. Er musste sich nicht die Mühe machen, die Laken zurechtzurücken, denn er hatte keinerlei Interesse daran, den Sex mit Viola zu verheimlichen, um Nico zu schonen.

Als Nico Grauer eine Viertelstunde später klingelte, stand Viola immer noch unter der Dusche. Die Vorstellung, sie würde das absichtlich machen, um den andern zu demütigen, gefiel Erik.

Die Begrüßung zwischen den beiden Männern fiel wie gewöhnlich frostig aus, dennoch bot Erik Kaffee an.

»Sie war wieder dort, nicht wahr«, stellte Nico schließlich fest und spielte damit auf Rödelheim und die Trauerkarte an.

»Wir waren beide dort«, erwiderte Erik triumphierend.

»Ach, Herrgott«, schnauzte Nico. »Kannst du dein Ego nicht einmal hinten anstellen. Anstatt sie bei diesen Aktionen zu unterstützen, um mir eins auszuwischen, wäre es besser, du würdest an Violas Wohl denken. Diese Unternehmungen tun ihr nicht gut. Sie muss endlich mit der Vergangenheit abschließen.«

»Wer macht dich zum Experten, was Violas Wohl angeht?«, schnauzte sein Gegenüber zurück.

Viola, die nur ein knappes Handtuch um sich gewickelt hatte, trat in dem Moment aus dem Bad. »Bitte nicht streiten«, sagte sie flehentlich. »Nicht heute.«

Betreten schwiegen die beiden Männer und Viola lächelte dankbar. »Was haltet ihr davon, wenn wir irgendwohin fahren. Ich könnte eine Ablenkung gebrauchen. Lasst uns in den Stadtwald gehen. Ich will durchatmen.«

»Bei dem Wetter?«, warf Nico ein. »Ich habe nicht die richtigen Schuhe an.«

»Erik kann dir welche leihen«, schlug Viola vor.

»Es ist ungemütlich und nass«, meckerte Nico, woraufhin Erik, der zwar auch keine Lust auf Natur hatte, sagte: »Ich werde mit dir gehen.«

Das wiederum ließ Nico einlenken, denn der erklärte nun: »Ich komme selbstverständlich mit, ich müsste im Wagen noch ein paar alte Turnschuhe zum

Wechseln haben.«

Viola strahlte: »Fantastisch, dann ziehe ich mich schnell an.«

Noch auf dem Weg zum Schlafzimmer streifte sie das nasse Handtuch ab.

Erik starrte ihr fasziniert hinterher, während Nico einen genervten Blick auf ihn warf und fauchte: »Du hast sie nicht verdient.«

Seinem Gegenüber entlockte er damit nur ein müdes Lächeln und wie gewöhnlich antwortete Erik auf den Vorwurf mit den Worten: »Offenbar sieht Viola das anders.«

* * *

Hauptkommissar Michael Satzig hatte sich heute ebenfalls für den Frankfurter Stadtwald entschieden. Allerdings nicht, um einen geruhsamen Spaziergang zu unternehmen, sondern um eine durchaus anspruchsvolle Joggingrunde zu absolvieren. Die meisterte er jedoch nicht allein, sondern mit seinen Schützlingen. Jugendliche im Alter zwischen elf und sechzehn Jahren, die aus unterschiedlichen Gründen am Boxtraining teilnahmen. Die meisten kamen aus armen Familien oder aus problematischen Verhältnissen, einige lebten sogar im Heim. Jedenfalls hatten sie nicht das Geld, einen teuren Sport zu betreiben oder Vereinsgebühren zu bezahlen. Das Projekt war von Privatpersonen auf den Weg gebracht worden und Satzig hatte sich, wie er es selbst nannte, *überrumpeln* lassen, als Trainer mitzuhelfen.

Dass ihm die Arbeit mit den Jugendlichen unglaublich viel Spaß machte, behielt er meist für sich. Auch jetzt knurrte er wenig freundlich: »He, da hinten, aufrücken, wir machen keine Shopping-Tour, hier geht es ums Schwitzen.«

Einer der Gruppe, der zwölfjährige Tim, bekannt dafür, zu jedem und allem seinen Senf dazuzugeben, konnte trotz der Puste, die ihm langsam ausging, nicht umhin zu krähen: »Dann waren Sie noch nie mit meinen Schwestern beim Shopping, da wird auch Ihre Kondition nicht reichen.«

Die anderen fingen an zu kichern und auch um Satzigs Mundwinkel zuckte es. Er kannte

Tims Schwestern und die Vorstellung, mit denen einen Einkaufsbummel zu unternehmen, kam in seiner Fantasie einem Albtraum gleich. Dennoch sagte er streng: »Nicht quatschen, laufen. Wer zuletzt durchs Ziel geht, muss sonst mit Tims Schwestern zum Einkaufen«, und hängte noch ein aufforderndes »Los!« an.

Im Stillen fragte er sich, wie lange er selbst solche Strecken noch laufen konnte, immerhin hatte er die Fünfundfünfzig gerade erst gefeiert. Als hätten die Jugendlichen seine Gedanken gelesen, zogen sie nun an ihm vorbei und spurteten die letzten Meter bis zu ihrem Ziel.

Dort angekommen, riefen sie lachend: »Herr Satzig,

sollen wir einen Termin mit Tims Schwestern ausmachen?«

»Sehr witzig«, erwiderte der gutmütig und sprach den Jungs schließlich ein Lob aus. »Ihr habt alle durchgehalten, sehr gut. Nun ab zum Transporter und zurück zur Sporthalle, dort wartet noch das Zirkeltraining.«

»Oh Mann, ich dachte, wir boxen«, meckerte einer der Jungs.

»Ohne Kondition liegst du auf der Matte, bevor du überhaupt ausholen kannst«, blieb ihm der Hauptkommissar die Antwort nicht schuldig. Er wollte noch etwas anfügen, aber das Klingeln seines Handys unterbrach ihn.

»Bestimmt ein Leichenfund«, raunte Tim und alle sahen gespannt auf das Gesicht des Hauptkommissars.

»Wir könnten mit«, überlegte einer der Jungs laut. »Schließlich sind wir mit dem Vereinsbus da.«

»Das wäre mega!«, rief ein anderer.

Satzig schüttelte nur resigniert den Kopf und entfernte sich ein Stück von der kleinen Gruppe.

»Ich bin es«, hörte er seinen Kollegen, Oberkommissar Norbert Kolb, am anderen Ende der Leitung sagen. »Tut mir leid, ich weiß, du hast heute deinen freien Tag, aber wir bräuchten dich. Wir haben hier jemanden, der einen Mordversuch anzeigen will. Er ist ziemlich aufgebracht.«

»Und was hat das mit mir zu tun?«, fragte der Hauptkommissar verwundert; schließlich gab es genug Kollegen auf dem Revier, die den Fall übernehmen konnten.

»Nun ja«, erwiderte Oberkommissar Kolb. »Er hat ausdrücklich nach dir verlangt, behauptet, ihn würde eine gewisse *Katharina Vierner* schicken. Die hätte gesagt, er könne dir vertrauen.«

»Cathy?«, fragte Satzig überrascht.

»Keine Ahnung, welchen Spitznamen die Frau hat. Kennst du sie denn?«

»Sicher, ein alter Fall, das ist schon ewig her. Ich wusste gar nicht, dass sie noch in Frankfurt ist und noch weniger war mir bekannt, dass mich ausgerechnet Cathy für vertrauenswürdig hält.«

»Und was bedeutet das jetzt?«, reagierte der Oberkommissar verzweifelt. »Ehrlich gesagt, weiß ich nämlich gerade nicht, was ich tun soll. Wir können ihn ja schlecht dazu zwingen, mit einem anderen Beamten zu sprechen. Gehen lassen will ich den Mann aber auch nicht, womöglich ist ein Menschenleben in Gefahr. Deshalb dachte ich, wenn du vielleicht kurz vorbeikommen könntest, ich …«

»Ich bin auf dem Weg«, unterbrach ihn Satzig und legte auf.

Die neugierigen Blicke der Jugendlichen quittierte er mit einem müden Lächeln, bevor er sagte: »Wird heute nichts mit Zirkeltraining, ich muss los.«

Zu seiner Überraschung spiegelten die Gesichter

keine Erleichterung wider, sondern Enttäuschung, weshalb er zur Begeisterung seiner Schützlinge vorschlug: »Wenn ich es einrichten kann, schieben wir nächste Woche eine Trainingseinheit zusätzlich ein. Womöglich steigen wir dann auch mal in den Ring!«

4

Dienststelle Kriminalpolizei Frankfurt

Hauptkommissar Michael Satzig erreichte die Dienststelle dreißig Minuten später. Er war verschwitzt und unrasiert, außerdem trug er einen Sportanzug und seine leicht deformierte Boxernase, die Narbe im Gesicht, seine Größe und der immer noch gut trainierte Oberkörper hätten einige Menschen daran zweifeln lassen, einen Polizisten vor sich zu haben.

Da er die meisten seiner Kollegen um mindestens einen Kopf überragte, wirkte es, als würde ein Riese das Gebäude betreten. Er durchschritt den Eingangsbereich, als ob er den Raum erobern und nicht nur durchqueren wollte.

Noch bevor er die Anmeldung erreichte, wo sein

Kollege Kolb bereits auf ihn wartete, sprang ein Mann von einem der Besucherstühle auf und stürmte auf Satzig zu.

»Sie sind Michi Satzig, oder?«, fragte er aufgeregt.

Der Hauptkommissar wunderte sich, dass der Fremde seinen Spitznamen kannte, erinnerte sich dann jedoch daran, dass Katharina Vierner ihm den vermutlich samt einer Personenbeschreibung verraten hatte.

»Sie sind ein Freund von Cathy?«, fragte er deshalb.

»Ich hoffe, Sie nehmen es ihr nicht übel, dass sie mich an Sie verwiesen hat«, antwortete der andere höflich. »Sie ist ein fantastischer Mensch und war sofort bereit, mir zu helfen. Ich wollte gar nicht zur Polizei, weil einem ja sowieso nie jemand hilft. Wenn wir mit unseren Problemen kommen, dann …«

»Herr *Nilson*«, mischte sich der Oberkommissar ein, »ich und meine Kollegen hätten Ihnen liebend gern geholfen, aber Sie bestanden darauf, mit Hauptkommissar Satzig zu sprechen.«

Nilson atmete tief durch. »Entschuldigung, ich wollte Sie keinesfalls beleidigen. Ich rede zu viel, wenn ich aufgeregt bin. Aber Jasmin …« Plötzlich füllten sich seine Augen mit Tränen. »Sie wäre beinahe gestorben. Eine Vergiftung …« Er schluchzte und Tränen liefen ihm über die Wangen. »Es war ungewiss, ob sie die Nacht überhaupt überstehen würde.« Er hob den Blick, schämte sich nicht für seine Gefühle und sagte leise:

»Ich bin kein gläubiger Mann, aber da habe ich das erste Mal gebetet.«

Satzig nickte verständnisvoll und sagte: »Lassen Sie uns in mein Büro gehen, dann können wir alles in Ruhe besprechen.«

Kurz darauf saßen sie im Dienstzimmer des Hauptkommissars und Kolb fragte mitfühlend: »Ihrer Freundin Jasmin geht es also wieder besser?« Er nahm an, dass es sich nicht um die Ehefrau handelte, da er an Nilsons Finger keinen Ehering entdeckte.

»Jasmin ist mehr als eine Freundin, sie ist meine Seelenverwandte.« Bei dem letzten Wort musste er erneut gegen die Tränen ankämpfen. »Was, wenn ich sie verloren hätte?«

»Ich nehme an, Sie waren in einer Klinik. Haben die Ärzte denn nicht darauf bestanden, die Polizei zu verständigen?«, wunderte sich Kolb.

»Der Arzt hat mir dazu geraten, aber nicht viel Hoffnung gemacht, dass dieses Dreckschwein jemals gefunden wird. Solche Fälle haben normalerweise keine Priorität, hat er mir erklärt.«

Während Kolb ein verblüfftes: »Das hat der Arzt gesagt?«, von sich gab, ahnte Satzig bereits, dass hier ein Missverständnis vorlag. Deshalb ging er dazwischen und fragte: »Wer *genau* ist Jasmin?«

»Meine Hündin, ich dachte, das sei klar?«

Kolbs Kehle entschlüpfte ein heiseres Auflachen, während Satzig ernst blieb, jedoch die Stirn in Falten legte.

»Ach natürlich«, wurde Nilson nun wütend. »Als Sie davon ausgingen, dass Jasmin ein Mensch sei, da waren Sie voller Mitgefühl. Aber jetzt, wo Sie erfahren, dass *nur* ein Hund vergiftet wurde«, fuhr er sarkastisch fort, »da …«

»Wie geht es dem Tier jetzt?«, unterbrach ihn der Hauptkommissar und sah sein Gegenüber ernst an.

»Besser. Der Arzt sagt, sie hat das Schlimmste überstanden, aber als es passiert ist, das war ein Schock. Ich bin immer aufmerksam, doch es ging so schnell. Da lag diese Bockwurst und Jasmin ist verfressen und …« Dieses Mal kämpfte er die Tränen nieder. »Ich wusste gleich, dass da etwas nicht stimmt, zu Hause hat sie gebrochen, war plötzlich apathisch. Der Tierarzt hat sie gerettet und festgestellt, das sie vergiftet wurde, zum Glück waren nicht noch Scherben oder Nägel in diesem Giftköder.« Als er an dem Gesichtsausdruck der Beamten erkannte, dass auch die bei der Vorstellung entsetzt waren, sprach er ohne Scheu weiter: »Wer macht so etwas?«, brach es aus ihm heraus. »Wer legt Giftköder aus, um unschuldige Tiere zu töten und zu quälen? Das sind für mich keine Menschen, das ist …« Er ballte die Fäuste. »Dafür gibt es nicht einmal einen Namen.«

»Das ist natürlich tragisch«, zeigte Oberkommissar

Kolb Verständnis, »aber wir sind für solche Fälle nicht zuständig. Wir arbeiten für das Morddezernat.«

»Schon klar, der Hund ist ja nur eine Sache«, schnauzte er, »dann muss ich mich eben selbst darum kümmern und dann werden Sie zuständig sein. Wenn ich den zu fassen bekomme, der dafür verantwortlich ist, dann schwöre ich Ihnen, wird es einen Mord geben. Ich werde dieses Dreckschwein aus dem Verkehr ziehen«, Nilson erhob sich erbost, um zu gehen, aber Satzig hielt ihn zurück.

»Setzen Sie sich«, blaffte er zunächst ungeduldig, fügte dann jedoch ein versöhnlicheres Bitte an, sehr zur Überraschung seines Kollegen.

»Haben Sie ein Foto von Jasmin?«, fragte er freundlich und Nilsons Wut schien auf einmal zu verfliegen.

Er reichte dem Beamten sein Handy und als der in die traurigen Augen des Dackelmischlings Jasmin blickte, konnte er die Wut von Gerd Nilson nur zu gut verstehen. Dennoch hielt er es für angebracht, eine Mahnung auszusprechen. »Sollten Sie herausfinden, wer für die Giftköder verantwortlich ist, dann werden Sie umgehend mich oder Oberkommissar Kolb verständigen. Sie werden nicht selbst irgendetwas unternehmen und auf gar keinen Fall werden Sie Gewalt anwenden.«

Nilson wollte widersprechen, aber Satzig hob seine Hand, die an eine Bärenpranke erinnerte, um ihm zu signalisieren zu schweigen. »Denn sollten Sie das tun, dann werden Sie ins Gefängnis wandern, und was wird dann aus Jasmin?«

Überraschenderweise reagierte Nilson nicht betreten, sondern trotzig. »Für Jasmin wird in so einem Fall gesorgt sein«, schnappte er wütend, bemerkte jedoch Satzigs Ungeduld und fügte schnell an: »Ich werde Sie verständigen und selbst nichts unternehmen.«

Der Hauptkommissar nickte und fragte: »Wo und wann genau hat Ihr Hund denn diesen Giftköder gefressen?«

»Ich wohne in Frankfurt Rödelheim«, begann Nilson und berichtete ausführlich mit Angabe von Uhrzeit und Straßennamen. »Ich habe eine Hundepension. Tageshunde, aber auch einige, die bei mir bleiben, wenn ihre Besitzer sie nicht mit in den Urlaub nehmen können. Ich bin regelmäßig mit den Hunden in der Nachbarschaft unterwegs. Gott sei Dank habe ich ein großes Gelände hinter dem Haus, so kann ich dorthin ausweichen.«

»Hat sich denn schon einmal ein Nachbar über die Hunde beschwert? Gab es deshalb Streit?«, fragte Oberkommissar Kolb und warf seinem Kollegen einen Blick zu, der so viel bedeuten sollte wie: »Wenn du diesen Fall unbedingt bearbeiten willst, dann helfe ich eben mit.«

»Nein, noch nie«, erwiderte Nilsen. »Ich achte

darauf, niemanden zu belästigen. Die Hunde sind auch nie am frühen Morgen oder am späten Abend draußen, damit niemand vom Gebell gestört wird. Ich habe zu meinen direkten Nachbarn einen guten Kontakt, alles Tierfreunde. Und bevor Sie mir jetzt mit der Verschmutzung durch Hundehaufen kommen«, sprach er gereizt weiter, »ich sammle die Hinterlassenschaften ein, lasse die Hunde nicht an die Häuser der Nachbarn pinkeln und versuche alles, um niemanden zu stören.«

»Trotzdem kann man Dreck nicht immer vermeiden«, warf der Oberkommissar ein.

»Und dann vergiftet man die Tiere einfach«, brauste Nilson auf.

»Mein Kollege sucht lediglich nach einem Motiv«, mischte sich Satzig ein.

Ihr Gegenüber winkte ab. »Sie haben ja recht. Die meisten dieser Hundehasser behaupten, die Tiere würden Schmutz hinterlassen.« Er schüttelte den Kopf. »Aber keiner dieser Unmenschen stört sich an dem Dreck durch die ganzen Abgase und die vielen Tonnen Gummiabrieb. Da ist so ein Hundeköttel natürlich viel schlimmer, obwohl der auch noch biologisch abbaubar ist.«

»Menschen, die so etwas tun, kann man vermutlich nicht mit Logik überzeugen«, erwiderte Satzig daraufhin, »allerdings kann ich Ihnen versprechen, dass solche Delikte geahndet werden.« Der Hauptkommissar sah dem Mann an, dass der nicht überzeugt war, und sagte: »Wir nehmen Ihre Anzeige auf und ich spreche mit dem Veterinäramt und den entsprechenden Streifenkollegen. Manchmal schreckt die Präsenz von uniformierten Beamten solche Menschen bereits ab. Außerdem werde ich mich selbst in dem Gebiet umsehen.«

»Und was kann ich tun?«, fragte Nilson dankbar.

»Informieren Sie andere Hundebesitzer, hängen Sie Zettel mit Warnungen auf, vielleicht findet sich so auch ein Zeuge.«

»Das ist eine gute Idee!«, gab Gerd Nilson zu.

Als alle Formalitäten erledigt waren, streckte er dem Hauptkommissar die Hand entgegen und sagte: »Vielen Dank. Katharina hatte recht, Sie sind einer der Guten.«

Was Satzig fragen ließ: »Woher kennen Sie sich denn?«

»Tierschutzprojekte«, gab Nilson Auskunft. »Sie ist eine der engagiertesten Mitstreiterinnen. Wir sehen uns gelegentlich auf Demos, halten aber vor allem übers Internet Kontakt. Katharina wohnt in Koblenz.«

»Na dann sagen Sie ihr schöne Grüße«, verabschiedete sich der Hauptkommissar.

Als die beiden Beamten kurz darauf wieder allein waren, bemerkte Kolb nachdenklich: »Hoffen wir mal, dass Gerd Nilson denjenigen nie in die Finger bekommt, der dafür verantwortlich ist und eine Dummheit begeht.«

»Unter uns solltest du auch darauf hoffen, dass ich denjenigen nicht erwische. Denn dann ruhig zu bleiben, würde mir ebenfalls schwerfallen«, erwiderte Satzig und alles an ihm signalisierte Kolb, dass das keinesfalls ein Scherz war.

5

Am nächsten Morgen gegen 7.00 Uhr

Ottmar Linde war gestern, wie erwartet, verstorben. Die Pflegekraft hatte Ralf kontaktiert und mit knappen Worten erklärt: »Herr Linde, Ihr Vater ist vor einer halben Stunde von uns gegangen. Der Arzt hat den Tod festgestellt. Was soll nun weiter geschehen?«

»Mir egal«, hatte Ralf genervt erwidert und aufgelegt. Was interessierte ihn das Begräbnis des Alten? Gedanklich klopfte er sich auf die Schulter, dass er so umsichtig gewesen war, die Wohnung zu durchsuchen. Der Krügerrand wäre sonst für die Einäscherung draufgegangen. Außerdem würde er einen Teufel tun und das Bisschen, was ihm sein Erzeuger hinterlassen hatte, für dessen Beerdigung verschwenden. Das, was er heute Morgen einnehmen würde, landete gewiss nicht auf seinem Konto.

Der Dreißigjährige sah voller Zuversicht in die Zukunft. Seit er denken konnte, hatte ihm sein Vater gesagt, wie unfähig, wie dumm er doch wäre, aber nun würde er das Gegenteil beweisen. Immerhin hatte er das Diktiergerät entdeckt und den richtigen Riecher gehabt, wem er das Band gewinnbringend verkaufen konnte. Er hatte alles durchdacht, die passenden Worte und einen abgeschiedenen Platz für die Übergabe gefunden.

Plötzlich gab es einen lauten Schlag und Ralf zuckte zusammen. Sein Herz klopfte heftig und das Szenario, das er sich zuvor ausgemalt hatte und das ihm so *cool* erschienen war, machte ihm plötzlich ein wenig Angst. Vielleicht wäre ein belebterer Ort vernünftiger gewesen. Tatsächlich hatte er zunächst an den Frankfurter Hauptbahnhof gedacht – dort konnte man zur Rushhour genau so unentdeckt bleiben wie im Klostergarten der alten Abtei.

Wieder knallte es und Ralf drehte sich nach allen Seiten um. Das verlassene Gemäuer wurde von einer privaten Gruppe Denkmalschützer am Leben gehalten. Vermutlich, um Vandalismus und Eindringlingen vorzubeugen, hingen überall Schilder, die auf eine Überwachung durch Sicherheitsfirmen hinwiesen, die aber selten anwesend waren. Außerdem hatte sich, obwohl sich der Tag bereits ankündigte, die Außenbeleuchtung noch nicht ausgeschaltet; das Klostergebäude war in warmes orangefarbenes Licht getaucht, das den Nieselregen sichtbar machte, der, vom Wind beeinflusst, schräg zu Boden fiel. Die Böen waren es auch, die den losen Klappfensterladen erneut geräuschvoll gegen die Steine prallen ließen.

Ralf atmete erleichtert aus, als ihm der Ursprung des Geräuschs klar wurde. Er kannte den Ort, hatte dort schon einmal eine kleine, illegale Transaktion abgewickelt, die ihm allerdings längst nicht die Summe eingebracht hatte, die er heute Morgen erwartete.

Wieder dachte er an seinen Vater und murmelte: »Ich bin viel schlauer, als du jemals warst. Im Gegensatz zu dir *nutze* ich das Band.« Ralf fühlte sich stark wie jemand, der alle Fäden in der Hand hielt. Er hatte schnell reagiert, die vielversprechendste Telefonnummer gewählt – natürlich von einem öffentlichen Apparat aus – und das Band abgespielt.

Wieder knallte der Laden gegen die Mauer, Ralf sah auf die Uhr, wartete ungeduldig und tastete nach dem Diktiergerät mit dem Band darin. Zur Sicherheit hatte er den Mitschnitt noch mit dem Handy aufgenommen, er war ja nicht dumm. Womöglich würde er irgendwann finanziellen Nachschub benötigen.

»Du bist der mit der *Wahrheit*«, hörte er plötzlich eine Stimme hinter sich und schreckte erneut zusammen.

Es klang süffisant, so als würde man ihn nicht ernst nehmen, das verunsicherte Ralf. Schnell drehte er sich um und starrte in das Gesicht seines Gegenübers. Er entspannte, denn, was er sah, machte ihm keine Angst. Sogar ein Lächeln umspielte seine Lippen, weniger aus Freundlichkeit, sondern vielmehr aus Hochmut.

»So ist es. Ich dachte mir, dass du dich für die Wahrheit interessierst«, übernahm Ralf das *Du*. Etwas unwohl fühlte er sich dann allerdings schon, als ihn wachsame Augen von oben bis unten musterten und man ihn danach anstarrte, ohne zu blinzeln.

Während Ralf Linde nach dem Diktiergerät griff, erinnerte sich sein Gegenüber an den Anruf vom Vortag; wie in Trance spielte sich die Szene erneut in dessen Kopf ab.

Jemand hatte gesagt: »Ich kenne die Wahrheit, ich habe Beweise, die in die richtigen Hände kommen sollten. Und für ein wenig Bargeld gehören sie Ihnen.«

Anschließend war eine Bandaufnahme abgespielt worden. Zwei Stimmen, scheinbar harmlos, aber was gesagt wurde, veränderte alles. Und dann war es geschehen. Ohne Vorwarnung war sie im Spiegel aufgetaucht, die *Teufelsfratze*; dämonisch, unheilvoll, hässlich. Und mit einem Mal hatte völlige Klarheit geherrscht. Es war wie eine Erleuchtung gewesen; keine Zweifel, kein Zögern, es gab nur eines, was zu tun war. Die Fratze musste zerstört werden – und zu finden war sie in der alten Abtei.

Ohne Eile wurde jetzt der mitgebrachte Rucksack geöffnet. Wo Ralf das Geld vermutete, befand sich jedoch ein tödliches Werkzeug. Nur Augenblicke später zerfetzte es dem Dreißigjährigen die Kehle, schnitt in das nachgiebige Fleisch und hatte nicht minder Freude an den Knochen, die vergebens versuchten, der scharfen Klinge des Beils zu trotzen. Blut quoll aus den zahlreichen Wunden, tränkte Kleidung und Haare des Opfers, das nicht viel mehr als ein ersticktes und gequältes Gurgeln von sich geben konnte.

Der Tod trat schnell ein und mit Entsetzen wurde sich Ralf Linde in seinen letzten Sekunden bewusst, dass er nun seinem Vater folgen, womöglich mit ihm auf der anderen Seite für die Ewigkeit vereint sein würde. Sein letzter Gedanke galt der Hölle seiner Kindheit, die nun eine Wiederholung im Jenseits erfahren könnte.

Er spürte nicht mehr, wie man seine Taschen durchsuchte, ihm das Diktiergerät und das Handy abnahm und ihn schließlich seinem nassen, dunklen Grab übergab.

6

Später am Tag

Viola störte sich nicht am Regen oder dem kalten Wind, der an ihren Kleidern zerrte. Während sie die Frankfurter Taunusstraße entlangging, war sie tief in Gedanken versunken. Sie schämte sich, dass sie sich mitten in einem Rückfall befand, hatte sie doch so große Fortschritte gemacht. Gleichzeitig konnte sie es kaum erwarten, das schmuddelige Zimmer zu betreten, die miefige Luft darin zu atmen und die einzigartige Mischung aus Scham und Erregung zu spüren.

Ihr Psychotherapeut hatte sie gefragt, was dabei überwiegen würde, sie hatte geantwortet: »Das kommt darauf an, wie mein Leben gerade *ist*.«

Und ihr Leben war gerade *kompliziert*. Gestern der Streit mit Nico wegen der Trauerkarte, heute war sie von Erik abgewimmelt worden, angeblich weil er geschäftlich zu tun hatte. Aber sie hatte gespürt, dass das eine Lüge gewesen war. Ihr entging nicht, dass er sich immer häufiger mit jungen Frauen traf. Natürlich wusste sie, dass er Affären hatte; aber früher hätte er alles stehen und liegen gelassen, um sich mit ihr zu treffen.

Vor dem Schaufenster eines Sexshops blieb sie stehen, übersah die Kleiderpuppen in Fetisch-Outfits und betrachtete zwischen den Peitschen und Handschellen die Reflexion ihres Körpers. Sie wusste, dass sie für ihr Alter immer noch gut aussah, aber wen interessierte das. Früher, da war sie durch die Straßen gegangen und man hatte sich nach ihr umgedreht – und heute?

Sie erreichte ihr Ziel, betrat das Gebäude durch die Hintertür.

»Sieh an«, nuschelte der Typ am Eingang. »Dich habe ich ja schon lange nicht mehr gesehen. Juckt es, oder fehlt das Geld?«

»Was geht es dich an«, schnauzte sie gereizt und ihr Gegenüber grinste breit.

»Chantal, mein Engel!« Ihren erfundenen französischen Namen sprach er falsch aus wie gewöhnlich und seine ätzende Stimme tat ihr fast körperlich weh, als er leiernd sagte: »Sei doch nicht gleich eingeschnappt.« Das unverschämte Grinsen behielt er jedoch bei.

Sie ärgerte sich und doch spürte sie auch, wie sich

ihre Anspannung löste. War es nicht genau diese Art der Demütigung, die sie suchte, die sie alles andere vergessen ließ, ihren Zorn, ihre Schuldgefühle?

»Also Prinzessin, willst du ein Zimmer oder nicht?«

Sie nickte und er gab ihr eine Schlüsselkarte. Ohne ein weiteres Wort begab sie sich in den dritten Stock. Wie in den sogenannten Laufhäusern üblich, ließen die Frauen die Türen offen, wenn sie bereit für den nächsten Freier waren.

»Hallo Chantal«, wurde sie von einer üppigen Brünetten begrüßt, die gerade auf dem Gang stand und rauchte.

»Hallo«, erwiderte Viola knapp, da sie wie gewöhnlich nicht das Bedürfnis verspürte, sich mit den anderen zu unterhalten.

»Lange nicht gesehen«, sagte die Frau jedoch und blockierte ohne böse Absicht den Weg.

Notgedrungen blieb Viola stehen und erfand eine Geschichte. »War eine Zeitlang in Berlin.«

»Schön für dich, ich komme hier irgendwie nie raus. Mein Freund meint jedoch, dass wir bald aus den Schulden sind, dann kann ich aufhören.«

»Na dann«, entgegnete Viola und unterließ es, ihrer Kollegin zu sagen, dass ihr Freund ein mieser Zuhälter war, der sie vermutlich bis in alle Ewigkeit anschaffen lassen würde.

»Wie lange willst du das denn noch machen?«, war die Brünette jedoch nicht bereit, ihre Kollegin ziehen zu lassen.

»So lange, wie es geht«, antwortete Viola und dachte bei sich, dass sie die anderen Frauen sicher verurteilen würden, wenn die wüssten, dass alles, was sie hier tat, nichts mit Geldverdienen zu tun hatte.

»Wird nicht leichter im Alter, was? Du solltest dich auf den Abend konzentrieren, tagsüber ist hier nicht so viel los. Ich kann leider nicht später, hab niemand für meine Kleine. Die Kitas sind nachts geschlossen«, plapperte die andere munter weiter. »Mein Freund sagt, er wird mich heiraten, wenn seine Schulden abbezahlt sind, dann bin ich auch über ihn sozialversichert. Das ist gut, oder?«

»Das ist super«, heuchelte Viola Anerkennung. »Freut mich, dass du jemanden hast.«

»Ich könnte ihn fragen, ob er nicht irgendwen Netten kennt für dich«, zeigte sich Violas Gegenüber hilfsbereit.

Da man nie wissen konnte, auf was so ein Angebot hinauslief, blieb die jedoch vorsichtig. »Ist nicht nötig, wie es aussieht, werde ich wieder nach Berlin gehen«, log sie deshalb und nutzte die Gelegenheit, sich an der Kollegin vorbeizuschieben, als sich ein interessierter Freier der Brünetten näherte.

Die drückte ihre Kippe im Aschenbecher aus und rief lasziv: »He, Schätzchen, wenn du was zum Anfassen suchst …«

Viola erreichte ihr Zimmer und hörte noch, wie die beiden über den Preis verhandelten, dann schloss sich die Tür nebenan.

Gemächlich zog Viola die Laken zurecht, legte Kondome aus, Gleitcreme, alles, was man von ihr erwartete. Sie hoffte, dass ihr erster Kunde nicht ungepflegt war und nach Schweiß stank und gleichzeitig wünschte sie sich genau das, denn nur dann würde sie echte Bestrafung erfahren.

Sie öffnete ihren Rucksack und holte ihr *Kostüm* heraus. Als erstes setzte sie die verschnörkelte venezianische Maske auf, die ihre Augen bedeckte und schlüpfte anschließend in das rote Korsett mit den Strapsen. Außerdem löste sie den Haarknoten und ließ die rote Mähne über ihre Schultern fallen. Im gedimmten Licht wirkte sie zwanzig Jahre jünger. Die Maske verdeckte die Falten um die Augen. Die um ihre Lippen blieben zwar sichtbar, aber der knallig rote Lippenstift half ebenfalls. Abgesehen davon interessierten sich die Kunden am meisten für ihr wohlgeformtes Dekolletee.

»Bist du frei?«, schreckte sie der erste Freier aus ihren Gedanken.

Sie nickte und schenkte ihm ein laszives Lächeln.

»Blas mir einen«, blaffte er, »das ist doch das Billigste.«

Wieder nickte sie und spürte Ekel aufsteigen bei dem Gedanken, ihn zu berühren und seinen Penis in den Mund zu nehmen.

Sie nannte heiser ihren Preis und er ließ, kaum dass sich die Tür hinter ihm schloss, die Hose fallen.

»Wir werden dich noch waschen«, sagte sie verführerisch und führte ihn zum Waschbecken.

Schon während sie sein Glied reinigte, begann er zu stöhnen. Schließlich kniete sie sich vor ihn, schloss die Augen und begann das zu tun, was von ihr erwartet wurde. Ihn zu erregen, war einfach, er schien auf eine schnelle Nummer aus. Dabei griff er in ihre Haare, riss an ihnen und Viola spürte, wie seine ungepflegten Fingernägel daran hängenblieben. Der Erdbeergeschmack des Kondoms, das sie ihm übergestreift hatte, lenkte sie für einen Augenblick von dem ab, was sie da tat. Spätestens als sie jedoch ihren Kopf leicht drehte und ihren Blick auf einen der vielen Spiegel im Zimmer richtete, wurde sie sich erneut voll und ganz bewusst, was gerade geschah. Seinen Kopf hatte er in den Nacken geworfen, die Augen Richtung Zimmerdecke verdreht, den Mund offen, sodass getrockneter Speichel in den Mundwinkeln zu sehen war.

Der behaarte dicke Bauch des Mannes drückte gegen ihre Stirn, sie roch *Unreinheit,* spürte Schmerz, weil er immer stärker an ihren Haaren zog, und plötzlich stiegen ihr Tränen in die Augen. Er kam zum Höhepunkt und genierte sich nicht, laut zu stöhnen. Als er fertig war, zog er die Hose an und schmiss ihr das Geld vor die Füße.

Viola saß noch eine Weile auf dem Boden, nachdem er verschwunden war. Die Tränen hatten sich unter der

Maske gesammelt, liefen ihr schließlich über die Wangen.

»Ich vermisse dich so sehr«, schluchzte sie und spürte, wie die erlebte Demütigung ihr auf angenehme Weise das Gefühl von Schuld nahm. Schmerz tat gut, sie fühlte sich besser. Nun konnte sie zurück in ihr anderes Leben und weitermachen.

* * *

Am Abend

Sie zu beobachten, war einfach. Auch heute führte sie ihr Weg zwischen den gleichen Grabreihen hindurch, blieb ihr Blick an der weißgrauen Marmorplatte hängen, die zwischen den aufgerichteten Steinen und Kreuzen jedem ins Auge stechen musste.

Sie schüttelte abschätzig den Kopf, als wollte sie entgegnen: *So ein Geprotze gehört sich nicht für einen Friedhof*. Dann beschleunigte sie ihre Schritte und erreichte das Grab mit dem anthrazitfarbenen Stein, auf dem die einst goldenen Buchstaben kaum noch zu entziffern waren.

Mit einem Ächzen ging die Fünfundsiebzigjährige in die Knie. Der Tag war trübe gewesen, düster, so als würde er sich dagegen sträuben, überhaupt zu beginnen. Entsprechend früh setzte deshalb am Abend die Dämmerung ein. Allerdings gab es auf dem

Friedhof Laternen und noch reichte das Tageslicht aus, die verwelkten Blätter aufzusammeln, den Staub vom Stein zu bürsten und die kleine weiße Engelsstatur, die sich von dem Purpur der immer noch blühenden Astern abhob, von den Hinterlassenschaften einer Taube zu befreien.

Viel war nicht zu tun und eigentlich war ein täglicher Besuch unnötig. Schwer zu sagen also, ob es sie aus Pflichtgefühl, Kummer oder Langeweile ständig auf den Friedhof führte.

Die Temperaturen hatten merklich nachgelassen, dafür setzte erneut der Nieselregen ein. Erneut ächzend richtete sie sich wieder auf. Es folgte ein letzter Blick auf das Grab, der scheinbar dazu dienen sollte, ein stummes Gebet anzudeuten.

Als sie sich schließlich umdrehte, riss sie entsetzt die Augen auf. Der Angriff kam so unerwartet, dass es ihr nicht einmal gelang, etwas zu sagen, geschweige denn abwehrend die Arme nach oben zu reißen.

Ihr Gegenüber hingegen stieß einen erstickten Schrei aus, als er auch dieses Mal dem dämonischen Erscheinungsbild seines Opfers gewahr wurde. Die Notwendigkeit zu töten, stand außer Frage.

An dem Werkzeug haftete noch das Blut vom Morgen, doch das genügte nicht für einen Tag. Die Schneide tobte sich an der Frau aus – die geschärfte Klinge des Beils landete in deren Gesicht, zerriss ihr die Wange, zerschnitt das linke Augenlid. Stöhnend sackte die Fünfundsiebzigjährige auf die Knie. Noch bevor sie sich mit den Händen am Boden abstützen konnte, traf sie das Beil am Rücken. Ohne Frage war ein tiefer Hass das Motiv für die Tat, denn nur so ließ sich die beinahe schon übermenschliche Kraft erklären, mit der die Schläge ausgeführt wurden.

Trotz der dicken Jacke, die das Opfer trug, arbeitete sich das Mordwerkzeug tief ins Fleisch der Frau. Beim Zurückreißen hinterließ es breite Wunden, verletzte Adern und Sehnen. Blut schoss aus dem geschundenen Körper, lief aus ihren Jackenärmeln und suchte sich seinen Weg an den Beinen entlang, tropfte in die Schuhe der Sterbenden.

Kraftlos stürzte sie schließlich zur Seite. Ihr Kopf lag auf dem Grab, das sie eben noch so akribisch von allem Unrat befreit hatte. Mit verschwommenem Blick erkannte sie den kleinen weißen Engel, der sie mit seinem Puttengesicht anstarrte. Für einen Moment glaubte sie, sein Mund würde sich bewegen, sich zu einem milden Lächeln verziehen, so als wolle er ihr vergeben. Im nächsten Augenblick spürte sie einen nie gekannten Schmerz, der von ihrer Schädeldecke durch den ganzen Körper wanderte wie ein Feuer, das sie innerlich verbrennen wollte. Die Klinge hatte ihren Hinterkopf getroffen, steckte dort fest – und jetzt erkannte sie auch, was die Veränderung im Gesicht des Engels ausgelöst hatte: Blut, ihr Blut, das ihn besudelt hatte, über seine steinernen Lippen gespritzt war.

Als das Beil nun mit einem Ruck aus ihrem Schädel gerissen wurde, klatschten weitere rote Tropfen auf die weiße Statue. Stand sie bisher sinnbildlich für den Frieden und die Ruhe, so verwandelte sie sich dadurch nun zu einem Symbol der Angst und des Schmerzes.

Es war kein durchdachter Mord, auch kein elegant ausgeführter. Geschweige denn, dass das Ziel gewesen wäre, die Tötung unauffällig vorzunehmen. Die Schläge mit dem Beil waren brutal, voller Zorn und ohne Zögern erfolgt. Selbst die Gefahr, entdeckt zu werden, konnte das Verbrechen nicht verhindern. Auch jetzt galt es, nicht möglichst schnell zu entkommen, sondern das Werk zu vollenden.

Grob wurde die Frau vom Grab gezogen und auf den Rücken gedreht. Die Regentropfen erbarmten sich und spülten einen Teil des Blutes davon, dennoch blieben die Spuren der schrecklichen Tat unübersehbar. Das Gesicht des Opfers war durch die Hiebe des Beils entstellt.

Lange würde die Frau den Tod nicht mehr von sich fernhalten können. Dennoch hatte sie die Kraft, ein letztes kaum hörbares »Nein« von sich zu geben. Allerdings reichte das nicht aus, um sich gegen das, was nun folgen sollte, zur Wehr zu setzen.

Als der erste Streifen Panzerband um ihren Kopf gewickelt wurde, versuchte sie erneut, ein flehendes »Nein« mit ihren Lippen zu formen.

Die Rolle des Klebebands wanderte jedoch weiter um ihren Hinterkopf und der nächste Streifen haftete direkt über ihrem Mund. Panik, das Gefühl, gleich ersticken zu müssen, machte sich in dem geschundenen Körper breit. Das Umwickeln ging weiter, über die Ohren, Wangen und schon bedeckte das Panzerband die Nasenlöcher. Jetzt wehrte sich die Fünfundsiebzigjährige nicht mehr gegen den Tod, gab jeden Widerstand auf und beschwor ihn regelrecht herbei.

Das Klebeband bedeckte fast schon ihr ganzes Gesicht, wurde weiter über ihre Augen geführt und verklebte die Haare. Kein Sauerstoff, kein Licht, nur unendliche Qualen und die Bitte an das eigene Herz, das Schlagen endlich einzustellen.

Der Friedhof, der blutgetränkte Engel und das Gefühl, betrogen worden zu sein, verschwammen – genau so wie der Geruch der nassen Erde, der Duft der Astern und der künstliche Gestank des Klebebands. Alles löste sich in einem dichten schwarzen Nebel auf, zusammen mit dem Leben der Frau, die nun reglos zwischen den Gräbern lag.

7

Am nächsten Morgen

Jana Barth liebte ihren Beruf. Hatte eine Ausbildung zur Friedhofsgärtnerin gemacht, anschließend den Meister und letztes Jahr den Betrieb ihres Chefs übernommen.

»Morbide«, hatte ihre Mutter Janas Arbeit kommentiert, die die Tochter gerne in einem Büro gesehen hätte.

Aber Jana schätzte die Ruhe der Friedhöfe und den trauernden Kunden stand der Sinn meist nicht nach langen sinnlosen Plaudereien. Ihr fiel es nicht schwer, den Menschen mitfühlend und beratend zur Seite zu stehen, wenn es darum ging, ein Grab einzurichten. Und ständig an der frischen Luft zu sein, war sowieso ganz nach ihrem Geschmack. Ein Tag war nur dann gut, wenn sie mit den Händen hatte in der Erde wühlen können und am Abend den Dreck unter den Fingernägeln entfernen musste. Auch heute früh war sie mit einem Lächeln unterwegs und störte sich nicht an dem rauen Wind und der feuchten Luft. Der Herbst war ihre Lieblingsjahreszeit, auch darin unterschied sie sich definitiv von ihrer Mutter, die sonnenhungrig den heißen August bevorzugte. Mit solchen und ähnlichen Gedanken beschäftigt, schob Jana ihre Schubkarre an der Fläche für die anonymen Beisetzungen vorbei und hielt vor der weißgrauen Marmorplatte, die ihr nicht gefiel, weil sie kaum Platz für Begrünung ließ. Zügig ging sie weiter, um eines der neuen Gräber mit Pflanzen zu versorgen. Die Beerdigung lag nun bereits vierzehn Tage zurück und der ständige Regen hatte die Kränze und Gestecke unansehnlich werden lassen.

»Bitte machen Sie es schön«, hatte sie die Witwe des Verstorbenen gebeten und genau das hatte Jana heute auch vor.

Konzentriert auf das Schimpfen der Elstern, die sich auf dieser Seite des Friedhofes breitgemacht hatten, wäre ihr die Gestalt am Boden beinahe entgangen.

Abrupt blieb Jana stehen. »Bitte nicht«, rutschte es ihr heraus. Sie hatte letztes Jahr schon einmal eine Leiche gefunden, ein Selbstmord, direkt vor dem Grab des verstorbenen Kindes.

Die Gärtnerin riss sich zusammen, sah bislang nur Beine, womöglich war jemand ohnmächtig geworden.

Das Handy gezückt, setzte sie sich schnell in Bewegung, bereit, alles Nötige zu veranlassen, gegebenenfalls auch Erste Hilfe zu leisten.

Als sie dann jedoch direkt vor dem Körper stand, begann sie, unkontrolliert zu zittern. Völlig geschockt starrte sie auf den Menschen am Boden, vermutete anhand der Kleidung, dass es sich um eine Frau handelte. Ihr Gehirn konnte das, was es sah, zunächst nicht einordnen. Ähnlich einer Mumie war der Kopf der Toten komplett umwickelt, allerdings nicht mit Tuch oder Bandagen, sondern mit Klebeband. Dazwischen lugten einige graue Haarsträhnen hervor. Überall war Blut, nicht nur der Körper lag in einer roten Pfütze, auch auf den Grabsteinen daneben sah man rote Spritzer.

»Oh Gott, oh Gott …«, murmelte Jana, immer noch unfähig zu handeln. Dann kam ihr der entsetzliche Gedanke, die Frau auf dem Boden könnte noch leben, würde vielleicht verzweifelt auf Sauerstoff hoffen.

Plötzlich wurde sie hektisch, suchte nach ihrem Messer und wollte es dort ansetzen, wo sie den Mund vermutete, um ein Loch in das Klebeband zu schneiden. Sie konnte ihre Hand kaum ruhig halten. Was, wenn sie an der falschen Stelle schneiden und die Frau verletzen, ihr eine Wunde zufügen würde?

Auf einmal drehte sich alles um Jana. *Jetzt nur nicht umkippen,* ging ihr durch den Kopf und sie riss sich zusammen. Schließlich fiel ihr ein, den Puls zu ertasten. Immer noch zitternd, legte sie ihre Finger um das knöchrige Handgelenk der Frau, suchte vergebens nach der leichten, klopfenden Bewegung der Schlagader. Womöglich probierte sie es an der falschen Stelle, sie zog ihre Hand zurück und sah, dass etwas an ihren Fingerspitzen klebte. Hektisch sprang sie auf. »Fleisch, das ist ihr Fleisch!«, rief sie außer sich.

Es war der Schrei einer der Elstern, der sie wieder klar denken ließ. Endlich benutzte sie das Handy und verständigte die Polizei.

* * *

Hauptkommissar Satzig lenkte den Dienstwagen Richtung Frankfurt Zeilsheim. Er kannte den westlichen Stadtteil gut, hatte sich dort schon öfter hinbegeben, wenn er von der lebhaften Stadt genug hatte und Ruhe suchte. Der Grund, der ihn und seinen Kollegen Oberkommissar Kolb heute dorthin führte, war allerdings alles andere als erfreulich. Eine Todesnachricht zu überbringen, war immer schwer, aber wenn es sich dabei noch um einen brutalen Mord handelte, dann fühlte es sich für Satzig regelrecht grausam an, der Übermittler der traurigen Meldung zu sein.

Die Leiche war nicht sofort identifiziert worden. Der Gerichtsmediziner hatte sich die Mühe gemacht, noch am Tatort das Panzerband aufzuschneiden, das um den Kopf der Toten gewickelt gewesen war.

»Ich muss Sie allerdings um etwas Geduld bitten«,

hatte er erklärt. »Ich möchte keine unnötigen Verletzungen verursachen oder Spuren verwischen.« Am Ende konnten sie das Bild des Ausweises, den sie in der Handtasche der Toten gefunden hatten, mit dem Opfer vergleichen. Die Übereinstimmung war eindeutig, auch wenn das Gesicht, so wie der Rest des Körpers, durch die zahlreichen Schnitte entstellt worden war. Bei der Toten handelte es sich um die fünfundsiebzigjährige Pia Baumann, die in Frankfurt Rödelheim wohnte.

»Schon wieder Rödelheim. Erst die Giftköder und jetzt ein Mord«, hatte Hauptkommissar Satzig daraufhin gemurmelt, jedoch noch keinen Zusammenhang gesehen.

Offenbar hatte die Tote das Grab ihres vor sechsundvierzig Jahren verstorbenen Ehemanns besucht.

»Eine Axt, ein Beil, etwas in der Art«, hatte der Gerichtsmediziner gemutmaßt. »Was die Todeszeit angeht, so schätze ich irgendwann gestern Abend zwischen 18.00 Uhr und 20.00 Uhr. Genaueres gibt es nach der Obduktion.« Im Geldbeutel der Toten waren sie außerdem auf einen Zettel gestoßen, auf dem ein Notfallkontakt vermerkt gewesen war. Dabei handelte es sich um Adrian Baumann, den Sohn des Opfers.

»Scheint eine trauernde Witwe gewesen zu sein«, warf Kolb nun ein, während Satzig den Anweisungen des Navis folgte und Richtung Zeilsheim fuhr.

»Und wie kommst du darauf?«

»Erstens hat sie ein Wahlgrab, das heißt, sie kann beliebig oft die Nutzung verlängern und zweitens hat sie von dieser Möglichkeit Gebrauch gemacht. Die meisten lassen ihre Gräber doch nach einer bestimmten Zeit abräumen. Vielleicht weil sie als junge Frau zur Witwe wurde und der Meinung war, ihm über den Tod hinaus verbunden zu bleiben. Womöglich war er ihre große Liebe.«

»Denkbar, zumindest würde das erklären, warum sie abends bei so einer Witterung auf den Friedhof ging«, erwiderte der Hauptkommissar, der nach zwei Scheidungen nicht ganz so romantisch auf die Welt blickte wie sein lediger Kollege.

»Die Friedhofsverwaltung hat erklärt, dass es einen Notknopf gibt. Es kann also niemand eingeschlossen werden. Das Tor lässt sich von innen jederzeit öffnen. Offiziell schließen die erst um 20.00 Uhr und bis 20.30 Uhr brennen die Laternen. Ein Entgegenkommen für die Berufstätigen, die abends die Gräber ihrer Angehörigen besuchen möchten. Der Friedhof ›Stille Ruhe‹ ist einer der wenigen, der auch Hunde auf dem Gelände erlaubt, die haben sogar ein Feld, wo man sein Haustier beerdigen kann. Jedenfalls wäre es durchaus denkbar gewesen, dass ein Hundebesitzer mit seinem Vierbeiner auf Gassirunde sich während der Tat dort aufgehalten hätte. Das heißt, der Mörder hat billigend in Kauf genommen, gesehen zu werden.«

»Falls das dem Täter überhaupt bekannt war. Zudem bezweifle ich, dass viele Menschen ihre

Gassirunde nachts auf einen Friedhof verlegen. Außerdem hatten wir schlechtes Wetter. Ich denke nicht, dass der Mörder ein extremes Risiko eingegangen ist. Interessanter ist doch die Frage, ob er sich Pia Baumann zufällig ausgesucht hat oder ob sie ein gezieltes Opfer war«, spekulierte der Hauptkommissar weiter.

»Was für ein Motiv könnte eine alte Frau einem Mörder liefern?«, erwiderte Kolb ungläubig. »Ich tippe vielmehr auf einen Spinner, der womöglich eine besondere Verbindung zu Friedhöfen hat und zufällig auf Pia Baumann gestoßen ist.«

Zwischenzeitlich hatten sie das Haus von Adrian Baumann erreicht.

»Ich hoffe, er ist da. Ich bin froh, wenn ich das hinter mich gebracht habe«, gab der Hauptkommissar ehrlich zu.

»Wir hätten anrufen können«, warf Kolb ein.

»Und dann was?«, reagierte Satzig gereizt. »Hier spricht die Polizei. Bitte bleiben Sie zu Hause, wir kommen gleich, sagen Ihnen jetzt aber nicht, um was es geht? Das kann man doch niemandem zumuten. Da fahre ich lieber einmal mehr nach Zeilsheim und erspare dem Sohn die Ungewissheit.«

Kolb zuckte mit den Schultern. »Du gewährst ihm lediglich einen kleinen Aufschub, aber uns kostet das wertvolle Zeit, in der wir nicht ermitteln können«, warf der Jüngere ein.

»Du redest wie ein Controller, nicht wie ein

Polizist«, kritisierte Satzig, als er den Motor abstellte und ausstieg.

»Tut mir leid, dass du das so siehst, aber manchmal ist es leichter, so zu denken.«

»Gewöhn dir das besser nicht an, denn das wird dich sonst blind für das Wesentliche machen?«

»Und was ist das Wesentliche?«

»Die Menschen«, gab ihm Satzig ohne Zögern Antwort. »Die Menschen sind der Schlüssel, um ein Verbrechen aufzuklären, dementsprechend müssen wir uns für sie auch die Zeit nehmen, die nötig ist.«

Sie hatten das Grundstück des kleinen Einfamilienhauses betreten. Am Zaun hing ein Schild mit der Aufschrift *Praxis Adrian Baumann Physiotherapeut.*

»Er wird Patienten da haben«, überlegte Satzig laut, »aber bis zu seiner Mittagspause können wir nicht warten.«

Am Eingang angekommen, betätigte der Hauptkommissar die Klingel. Die junge Frau, die ihm öffnete, trug eine weiße Hose und ein weißes T-Shirt und schien ebenfalls als Physiotherapeutin zu arbeiten.

»Geht es um einen Termin?«, fragte sie freundlich. »Wir sind ziemlich ausgebucht, also wenn es eilt …«, informierte sie die beiden Männer.

Der Hauptkommissar zog seinen Dienstausweis aus der Tasche und hielt ihn seinem verdutzten Gegenüber unter die Nase. »Wir müssten mit Adrian Baumann sprechen? Ist er da?«

»Ja, sicher«, stammelte die Frau und schien bereits nichts Gutes zu ahnen. »Kommen Sie rein, ich sage ihm Bescheid.«

Sie verschwand in einem der Räume. Im Gang gab es einen Wartebereich und auf den Stühlen saß ein älteres Ehepaar und sah die Neuankömmlinge interessiert an.

Kurz darauf öffnete sich die Tür und Adrian Baumann trat auf die Beamten zu. Wie zu erwarten, wirkte er besorgt, fragte: »Ich hoffe, es ist nichts passiert?«

Diese Reaktion kannte der Hauptkommissar bereits und auch heute konnte er nicht mit einem beruhigendem, »aber nein, alles bestens«, antworten, sondern musste erwidern: »Leider müssen wir Sie in Kenntnis setzen, dass Ihre Mutter gestern Abend ermordet wurde.«

Baumann schnappte nach Luft, taumelte ein Stück rückwärts und stützte sich an der Wand ab. Seine Kollegin sprang herbei, versuchte, ihn zu stützen.

Satzig übernahm wieder und sagte: »Gibt es einen Raum, in dem wir uns ungestört unterhalten können?«

Während die Frau hilflos murmelte: »Die Behandlungszimmer sind alle belegt«, schlug der Sohn des Opfers vor: »Gehen wir nach oben in meine Wohnung«, und an die Kollegin gewandt, bat er: »Kannst du bitte alle meine Termine für heute und morgen absagen, ich …«

»Selbstverständlich«, reagierte sie sofort und legte

ihm sanft die Hand auf den Arm. »Ich kümmere mich um alles.«

Ein müdes »Danke« kam aus seinem Mund, dann führte er die Beamten ins nächste Stockwerk.

Das Wohnzimmer war nicht aufgeräumt, wirkte aber gepflegt und gemütlich. Adrian ließ sich in einen Sessel fallen. Es schien, als würde ihm jetzt erst die ganze Tragweite der Nachricht bewusst, denn plötzlich begann er zu zittern, schlug die Hände vors Gesicht und weinte. »Mama«, schluchzte er leise und Kolb sah fragend zu seinem Kollegen.

Der bedeutete ihm mit einem Handzeichen, zunächst abzuwarten und dem Mann Zeit zu lassen.

Baumann schien sich zu fangen, blickte mit gerötetem Gesicht auf und fragte angespannt: »Wer hat das getan?«

»Das herauszufinden, wird unsere Aufgabe sein«, erklärte Satzig und sah sein Gegenüber durchdringend an, bevor er sagte: »Ich weiß, dass das viel verlangt ist, aber wäre es möglich, dass Sie uns ein paar Fragen beantworten. Es geht leider nicht anders.«

»Selbstverständlich«, zeigte sich Baumann bereit, bevor er fahrig einwarf: »Wie ist sie gestorben?«

»Man hat sie mit einem Beil erschlagen«, das hatte ihnen der Gerichtsmediziner mittlerweile schon bestätigen können. »Genauer gesagt mit einem Handbeil. Anschließend hat man ihren Kopf mit einem Gewebeband, einem Klebeband umwickelt, das man normalerweise als Panzerband bezeichnet«, antwortete der Hauptkommissar ohne Umschweife. Auch wenn das im ersten Moment herzlos anmutete, war es seiner Erfahrung nach für die Hinterbliebenen besser, manche Details zu kennen, um Klarheit zu haben, damit sie schließlich mit der Trauerarbeit und dem Abschiednehmen beginnen konnten.

»Wie furchtbar«, murmelte er und stand auf. Er wirkte wie in Trance, als er jetzt zum Schrank ging, den öffnete und sich an einer der dort verstauten Alkoholflaschen bediente. Mit einem gut gefüllten Schwenker kehrte er schließlich an seinen Platz zurück. »Wenn Sie auch möchten«, hob er das Glas in Richtung der Beamten, die, wie zu erwarten, den Kopf schüttelten.

»Aufgrund des Tathergangs muss ich Sie fragen, ob Ihre Mutter Feinde hatte?«

Adrian nahm einen großen Schluck, sah dann betreten zu Boden.

Der Hauptkommissar hatte den Mann genau gemustert, er war um die Fünfzig und wirkte sportlich, was sicherlich mit seinem Beruf zu tun hatte. Er schien eine nette Art zu haben, war nicht hässlich und hatte offenbar ein gutgehendes Geschäft. Die junge Frau, die ihnen die Tür geöffnet hatte, könnte womöglich seine Freundin sein, zumindest war sie ihm sehr zugetan, das hatte der Beamte gleich bemerkt.

»Meine Mutter war nicht sonderlich gesellig«, begann er schließlich und sowohl Satzig als auch Kolb hatten das Gefühl, es würde ihm schwerfallen, den wahren Charakter seiner Mutter zu beschreiben. »Sie hat die letzten Jahre bis zu ihrer Pensionierung beim Sozialamt, besser gesagt beim Jugendamt gearbeitet. Ich denke, Sie können sich vorstellen, dass man da nicht immer auf Gegenliebe stößt. Eltern, denen man die Kinder wegnimmt, Kinder, die bei ihren Eltern bleiben möchten. Das liefert ordentlich Konfliktpotenzial. Allerdings ist sie bereits seit über fünfzehn Jahren in Rente.«

»Was ist mit Nachbarn, Freunden, einem Partner?«, hakte Kolb nach.

Adrian lachte kurz auf. »Meine Mutter ist, wie gesagt, eine Einzelgängerin, beziehungsweise«, verbesserte er sich, »war eine Einzelgängerin. Sie suchte nicht unbedingt Kontakt.«

»Das heißt, Ihre Mutter lebte sehr abgeschieden?«, wollte Satzig wissen und beobachtete überrascht, wie sein Gegenüber den Kopf schüttelte.

»Das trifft es nicht. Sie hatte ihren Rhythmus, ihren Alltag, der ihr gefiel. Sie hat sich das Leben so eingerichtet. Es wäre ihr freigestanden, sich anderen Senioren anzuschließen.«

»Und das Verhältnis zu Ihnen?«, bohrte Satzig weiter.

Dieses Mal lächelte Adrian Baumann. »Normal würde ich sagen. Wir haben regelmäßig telefoniert und sonntags habe ich sie meistens zum Essen abgeholt.«

»Wann hatten Sie zuletzt mit ihr Kontakt?«

»Vor zwei Tagen haben wir morgens telefoniert. Sie

hat mich angerufen, weil sie irgendein bestimmtes Mehl brauchte, das es bei ihr um die Ecke nicht gab. Meine Mutter hatte keinen Wagen. Ich habe es ihr schnell vorbeigebracht und wir haben uns für Sonntag verabredet.« Er senkte den Kopf, stierte in sein Glas. »Ich hatte an dem Tag so viele Patienten, dass ich nicht einmal die Zeit hatte, mit ihr einen Kaffee zu trinken. Jetzt bedauere ich das.« Er blickte auf und seine Augen füllten sich mit Tränen. »Wie viel Zeit verschwendet man in seinem Leben?«

Auf diese philosophische Frage blieb ihm der Hauptkommissar die Antwort schuldig, fragte stattdessen: »Also keine innige, aber eine gute Beziehung?«

»Ich denke, so könnte man es ausdrücken. Wir haben regelmäßig miteinander geredet. Das ist mehr, als in anderen Familien stattfindet.« Er seufzte. »Durch meine Patienten erfahre ich häufig, was in deren Eltern-Kind-Beziehung alles schiefläuft. Ich denke, ich konnte mich nicht beklagen.«

»Ihr Vater ist früh verstorben«, schob Kolb ein.

»Ja, meine Mutter ist nie über seinen Verlust hinweggekommen. Er starb, als ich vier Jahre alt war, bei einem Autounfall. Sie hatte sich noch mehr Kinder gewünscht, Geschwister für mich, womöglich ist sie deshalb auch so in ihrer Arbeit aufgegangen. Auch wenn es Kinder anderer Menschen waren, lagen die ihr dennoch sehr am Herzen.«

»War es üblich, dass sich Ihre Mutter am späten

Abend auf dem Friedhof aufgehalten hat?«, kam Satzig wieder auf den Tatort zu sprechen.

»Der Besuch gehörte zu ihrer Tagesroutine, seit sie in Rente war.«

»Und hätte das jemand wissen können?«

»Sicher viele Menschen, das war kein Geheimnis. In dem Haus, in dem sie wohnte, war das bestimmt bekannt und vermutlich wusste es auch das Friedhofspersonal und das Blumengeschäft, in dem sie die Pflanzen fürs Grab einkaufte.«

Mit gemischten Gefühlen stellte der Hauptkommissar nun die Frage nach Adrians Alibi.

Der schien ihm das nicht übelzunehmen. »Ich vermute, Sie müssen das fragen. Ehrlich gesagt, musste ich gestern meine Buchhaltung auf Vordermann bringen, das bedeutet zwar einen Tag ohne Patienten, der jedoch anstrengender ist als fünf Massagen hintereinander. Ich war zu Hause und am Abend stand mir nicht mehr der Sinn nach Ausgehen.«

»Kann das jemand bezeugen?«

»Meine Angestellte ist gegen Mittag hereingeschneit, um mir chinesisches Essen vorbeizubringen, ansonsten war ich allein.«

»Haben Sie bei Ihrer Mutter in der letzten Zeit irgendwelche Veränderungen festgestellt? War sie angespannt, unsicher, ängstlich?«

Mit einem milden Lächeln antwortete ihr Gegenüber: »Meine Mutter war *niemals* unsicher oder ängstlich. Wenn sie eine Gefahr vermutet hätte, wäre sie schnurstracks zur Polizei marschiert.«

Schließlich fragte Hauptkommissar Satzig: »Können wir jemanden für Sie verständigen? Ein Familienmitglied vielleicht?«

»Nein, das ist nicht nötig«, antwortete Adrian dankbar. »Ich komme klar. Meine Exfrau ist theoretisch die einzige Art Verwandte, die ich noch habe, und mit ihr besteht schon seit Jahren so gut wie kein Kontakt mehr. Kinder waren uns nicht vergönnt. Aber es geht schon«, sagte er schließlich mit mehr Überzeugung, als er vermutlich empfand.

Die Beamten hatten vorerst ihre Fragen gestellt und erhoben sich. »Es tut mir sehr leid«, drückte Satzig erneut sein Mitgefühl aus, woraufhin Adrian erwiderte: »Verhaften Sie den, der ihr das angetan hat, das würde mir helfen, meinen Frieden zu finden.«

»Wir werden alles in unserer Macht Stehende tun«, verabschiedete sich der Hauptkommissar.

Später im Wagen fragte Kolb nachdenklich: »Glaubst du wirklich, dass die Angehörigen von Mordopfern ihren Frieden finden, wenn wir die Schuldigen hinter Gitter bringen?«

»Nein«, antwortete Satzig, ohne zu zögern, »aber das Gefühl, Gerechtigkeit zu erfahren, ist zumindest ein Anfang.«

8

»Sie ist tot«, erklärte Viola ruhig und setzte sich auf das Bett.

Nico Grauer brummte und tastete nach seiner Brille. Er hatte sich erst spät hingelegt und sah nun verschlafen auf seine Uhr.

»Wir können Mittagessen gehen, wenn du willst«, entgegnete Viola daraufhin. »Ich habe Erik angerufen.«

»Was?«, blaffte Nico, der nicht das erste Mal Mühe hatte, Violas Gedankensprüngen zu folgen.

»Sei nicht schon wieder eifersüchtig«, antwortete sie ihm gelangweilt.

»Ich bin nicht eifersüchtig, ich bin nur gerade mit einer Todesnachricht geweckt worden, also, wer ist tot?«

»Pia Baumann«, antwortete ihm Viola knapp und machte Anstalten aufzustehen.

»Moment«, hielt er sie zurück. »Wie kannst du das wissen?«

Da sie nicht antwortete, rückte er näher zu ihr, sah sie eindringlich an. »Woher weißt du das?«, fragte er nun mit Nachdruck.

Die Achtundvierzigjährige senkte den Kopf wie ein kleines Mädchen, das man bei etwas Verbotenem erwischt hatte. »Ich war vor ihrem Haus, da war überall Polizei und einer der Nachbarn hat mir dann erzählt, dass sie ermordet wurde.«

»Würde dich der Mann wiedererkennen?«, hakte Nico nach und scannte aufmerksam Violas Mimik.

»Keine Ahnung, was spielt das für eine Rolle?«, reagierte sie ärgerlich und bevor Nico weiter nachfassen konnte, erlöste sie die Klingel.

Mit schnellen Schritten eilte sie zur Tür, ließ sich dort von Erik in die Arme schließen.

»Ich bin vorbeigefahren, du hast recht, die Polizei ist immer noch da.«

Mittlerweile kam Nico aus dem Schlafzimmer, hatte sich einen ausgebleichten Morgenmantel übergeworfen und war nicht begeistert, Viola in Eriks Armen vorzufinden.

Um seinem Zorn Luft zu machen, meckerte er: »Seid ihr zwei von allen guten Geistern verlassen? Was treibt ihr denn dauernd vor dem Haus der Baumann? Die werden früh genug bei uns aufkreuzen, unnötig, sich noch verdächtiger zu machen.«

Fahrig fuhr er sich durch die Haare. »Ich sollte mit

Viola ein paar Tage verschwinden, vielleicht in den Schwarzwald?«

»Ich gehe nirgendwo hin«, schnauzte die jedoch. »Ich muss mich nicht verstecken.«

»Solltest du aber«, blieb Nico wütend. »Sie werden dich verdächtigen, uns alle. Und deine Trauerkarte hat es nicht besser gemacht.«

»Ich habe ihr jedes Jahr eine geschickt, warum hätte ich damit aufhören sollen?«

Nico wandte sich an Erik, der die ganze Zeit kein Wort gesagt, sondern nur schützend seinen Arm um Viola gelegt hatte.

»Hast du mit dem Tod der Alten etwas zu tun?«, fragte er den nun mit scharfem Tonfall.

»Wie bitte?«, reagierte Erik abweisend, allerdings entging ihm nicht, dass ihm Viola verstohlen einen neugierigen Blick zuwarf. »Und wenn ich damit zu tun hätte, dann würde ich es dir bestimmt nicht auf die Nase binden. Schon vergessen, wir sind nicht verwandt, für dich gibt es kein Zeugnisverweigerungsrecht.«

»Das hat dich in der Vergangenheit auch nicht gestört«, zischte Nico und kochte beinahe vor Wut, als er bemerkte, wie Erik begann, Viola fester an sich zu ziehen.

»Wir haben uns geschworen, einander niemals zu verraten«, mischte sich die jetzt ein.

»Hier geht es um Mord«, widersprach Nico.

»Na und, was, wenn ich es war?«, hielt Viola dagegen.

Nico sah sie verzweifelt an. »Du warst es nicht, das kann ich bezeugen«, er verbesserte sich, »das werde ich bezeugen.«

»Ach«, stieß Erik süffisant aus, »wenn du bezeugst, dass Viola bei dir war, dann gibt sie dir damit automatisch auch ein Alibi, sehr praktisch.«

»Denkst du etwa, dass ich die Baumann umgebracht habe?«, schnappte Nico.

Dieses Mal wanderte Violas Blick zu ihm und sie schien in seinem Gesicht zu forschen.

Erik beeilte sich zu sagen: »Du hättest niemals die Eier für so etwas.«

»Bestimmt habe ich mehr Eier als du, nur würde ich meine Taten nie an die große Glocke hängen im Gegensatz zu dir.«

»Du würdest es uns nicht sagen?«, bohrte Erik weiter.

»Wie du eben richtig bemerkt hast, wir sind nicht verwandt, kein Zeugnisverweigerungsrecht.«

Sein Gegenüber lachte auf. »Guter Einwand, dann sollten wir alle so tun, als wären wir völlig unschuldig. Die Bullen werden uns sicher befragen, vielleicht wäre es klug, sich abzustimmen.«

»Wir wissen doch gar nicht, wann es passiert ist«, warf Nico ein.

»Der Nachbar sagt, sie hätten die Leiche auf dem Friedhof gefunden. Das heißt, es ist abends passiert, sie geht immer gegen 18.00 Uhr los und ist dann gegen 19.00 Uhr, spätestens 19.30 Uhr wieder zu Hause, geben wir ein bisschen Spielraum dazu, dann werden sie wissen wollen, wo wir zwischen 17.30 Uhr und 21.00 Uhr waren«, schlug Viola vor.

»Ich habe kein Alibi«, seufzte Erik, »zumindest keines, das ich der Polizei mitteilen möchte.«

»Ich war am Abend spazieren und ich habe niemanden getroffen, dann kam ich nach Hause, habe mich hingelegt und bin eingeschlafen bis etwa einundzwanzig Uhr. Danach habe ich mit Nico ferngesehen«, erklärte Viola.

»Du sagst besser, du warst die ganze Zeit hier bei mir«, schlug Nico vor und wandte sich mit einem müden Lächeln an Erik. »Am besten sagen wir, dass wir alle hier waren, ein gemeinsamer Abend bis 22.00 Uhr.«

Kurz darauf verabschiedete sich Erik und Viola näherte sich Nico. »Würdest du es mir sagen, wenn du mit ihrem Tod etwas zu tun hättest?«

»Nein, denn damit würde ich dich zur Mitwisserin machen.«

»Ich würde dich nicht verraten.«

Nico schloss sie in die Arme und sagte zärtlich: »Ich weiß.«

»Als ich gestern nach meinem Spaziergang geschlafen habe, bin ich einmal aufgewacht, weil ich auf die Toilette musste, du warst nicht da«, flüsterte sie, als könne sie irgendwer belauschen.

»Ich«, er kam ins Stottern, sagte dann: »Wir haben doch vereinbart, dass jeder von uns kommen und gehen kann, wann er will.«

»Natürlich«, antwortete sie und schmiegte sich an ihn. »Du hast recht, ich werde keine Fragen stellen, wir waren alle hier, alle drei, so wie immer, wir halten zusammen.«

* * *

In der Zwischenzeit hielten sich die Beamten in der Wohnung des Mordopfers auf. Pia Baumann hatte in einer Zwei-Zimmer-Mietwohnung gelebt. Die Räume wirkten überraschend steril wie eine Notunterkunft oder eine Ferienwohnung, die man nur mit einer Grundausstattung eingerichtet hatte. Der Schlafzimmerschrank war lediglich zur Hälfte gefüllt, die Kleider, die darin hingen, zum größten Teil in dunklen Farben gehalten und eher praktisch anstatt schick und modern. Es gab keine Bücher, dafür zwei Fernseher. Im Bad fanden sich weder Schminktöpfchen noch Artikel zur Schönheitspflege, dafür ein günstiges Duschbad vom Discounter, eine Zahnpasta und eine Universalcreme.

»Ob sie so bescheiden gelebt hat, weil sie kein Geld hatte?«, fragte Kolb, nachdem er sich in der Küche umgesehen hatte. »An Lebensmitteln hat sie jedenfalls nicht gespart«, führte er seine Überlegungen weiter aus, »die Schränke sind gut gefüllt. Allerdings würde das zu meiner Theorie passen, dass sie ihren Mann bis ans Ende ihrer Tage betrauert hat. Offenbar stand ihr nicht der Sinn nach hübschen Kleidern und Make-up.«

»Offensichtlich stand ihr der Sinn nach gar nichts«, warf Hauptkommissar Satzig bitter ein. »Hier gibt es nichts, was auf ein Hobby hinweist, außerdem keine Fotografien ihres toten Mannes oder des Sohnes oder von sonst jemanden. Bisher haben wir auch keine Fotoalben gefunden.«

»Ihr Sohn hat uns ja bestätigt, dass seine Mutter eine Einzelgängerin war. Manche Menschen kommen besser klar, wenn sie alle Erinnerungen an einen Verstorbenen aus ihrem Leben verdrängen. Womöglich hat ihr der tägliche Friedhofsgang zur Trauerbewältigung genügt.«

»Und warum fehlen Fotografien des Sohnes?«, wollte Satzig wissen. »Oder welche von den Kindern, die sie betreut hat. Laut Adrian Baumann lagen die ihr doch so sehr am Herzen.«

»Ich habe auch keine Fotos in meiner Wohnung aufgehängt«, warf Kolb ein. »Bin ich deshalb verdächtig?«

»Du hast keine Fotos in deiner Wohnung, weil du bereits zu den Generationen gehörst, die ihre gesammelten Werke auf dem Smartphone mit sich herumtragen und in der *Cloud* speichern.« Das Wort Cloud sprach er mit einem Nasenrümpfen aus. Auch wenn der Hauptkommissar keinesfalls ein Technikverweigerer war, bedauerte er gelegentlich, dass gewisse Dinge wie zum Beispiel Dia-Abende und Fotoalben ausgestorben waren.

Kolb grinste. »Wir können ja nicht alle an der Kommunikation per Rauchzeichen festhalten.«

Satzig, der schon eine saftige Erwiderung parat hatte, wurde von einem Kollegen der Kriminaltechnik unterbrochen, der gerade den Inhalt des Kühlschranks untersuchte.

»Das solltet ihr euch ansehen«, rief er den Kriminalbeamten zu und kurz darauf beugten sich alle drei über einen Teller, den der Experte für Spurensicherung aus dem Kühlschrank geholt und auf den Küchentisch gestellt hatte.

»Das ist eine Bockwurst«, beschrieb Kolb, was er da sah und blickte den Kriminaltechniker irritiert an.

Der erwiderte: »Ich hätte es fast auch übersehen, aber schaut euch diese Wurst genau an.« Mit seinem behandschuhten Finger deutete er auf einen Glassplitter, der aus der Pelle herauslugte, dann schnitt er das Beweisstück vorsichtig auf. »Seht ihr, die wurde mit Scherben gespickt.«

»Sollte das ein Anschlag auf das Leben von Pia Baumann werden?«, fragte der Oberkommissar.

Satzig schüttelte den Kopf. »Ich glaube, in dem Fall ist nicht Pia Baumann das Opfer, sondern die Täterin.« Dann wandte er sich an den Kollegen: »Sucht weiter, vor allem auch nach Gift«, und an Kolb gewandt sagte er: »Ich glaube, wir haben zumindest den Giftköderfall gelöst, und damit einen ersten Verdächtigen für den Mord.«

»Gerd Nilson«, zog Kolb nun die richtigen Schlüsse. »Pia Baumann hat Giftköder ausgelegt und damit wird der Betreiber der Tierpension zum Hauptverdächtigen. Denkbar, dass er sie entlarvt hat. Und was jetzt?«, noch bevor Satzig eine Antwort geben konnte, wurden sie erneut vom Rufen eines Kollegen unterbrochen.

»Ich habe hier etwas im Altpapier entdeckt.«

Die Beamten näherten sich dem Mitarbeiter und der präsentierte ihnen eine Handvoll Schnipsel. »Ist mir nur aufgefallen, weil sonst nichts zerrissen wurde.«

»Setzen wir sie wieder zusammen«, schlug Satzig vor. »Der schwarze Rand deutet auf eine Trauerkarte hin.«

Das kleine Puzzle ließ sich schnell lösen. Zunächst hatte der Hauptkommissar angenommen, dass vielleicht irgendwer Pia Baumann über das Ableben eines Menschen informieren wollte. Aber als sich dann die zerrissenen Teile wieder zu einem Ganzen fügten, waren die Beamten über den Text mehr als nur erstaunt. Dort stand: *Heute ist ihr Todestag und du hast sie auf dem Gewissen!*

Der Hauptkommissar stieß einen leisen Pfiff aus. »Ganz ohne Feinde scheint Pia Baumann wirklich nicht gelebt zu haben und wie es aussieht, wirft ihr irgendwer einen Mord vor.«

9

Keine halbe Stunde später saßen sie erneut im Wohnzimmer von Adrian Baumann. Dieses Mal war auch seine Kollegin anwesend, die sich fürsorglich um ihn kümmerte und keinen Hehl daraus machte, dass sie das erneute Auftauchen der Polizei unmöglich fand. Da Baumann sich nicht daran störte, dass sie bei dem Gespräch anwesend war, fragte Hauptkommissar Satzig schließlich ganz direkt: »Warum haben Sie uns nicht die Wahrheit über Ihre Mutter erzählt?«

»Was für eine Wahrheit soll das denn sein?«, gab der sich zunächst reserviert.

Da der Hauptkommissar nur vermuten konnte, was für ein Mensch Pia Baumann wirklich war, wagte er einen Schuss ins Blaue. »Ihre Mutter war weder ein Menschen- noch ein Tierfreund. Sie hat sich durch ihr Verhalten Feinde gemacht und womöglich war es einer dieser Feinde, der sie umgebracht hat. Denken Sie nicht, dass Sie uns das hätten sagen sollen?«

»Was erwarten Sie von mir?«, hielt Baumann dagegen. »Sie war meine Mutter, ich habe sie geliebt. Sie tauchen hier auf, erzählen mir von dem brutalen Mord an ihr und verlangen, dass ich schlecht über sie spreche?«

»Das ist wirklich empörend«, mischte sich seine Kollegin ein.

Satzig überging ihren Kommentar und versuchte, versöhnlich zu klingen, als er erklärte: »Ich verlange nicht, dass Sie schlecht über Ihre Mutter sprechen, ich will nur die Wahrheit kennen. Wie soll ich ansonsten den finden, der ihr das angetan hat.«

Adrian senkte den Kopf, murmelte: »Es tut mir leid, aber es kam mir wie Verrat vor, mehr zu sagen.«

»Dann bitte, sprechen Sie jetzt ganz offen, es ist wirklich wichtig.«

»Meine Mutter war verbittert und das konnte man ihr nicht verübeln. Sie hatte nicht viel Glück im Leben gehabt und wurde oft enttäuscht.« Er zuckte mit den Schultern. »Zumindest empfand sie es so. Irgendwann hat sie dann einfach aufgehört, sich mit anderen Menschen zu befassen, zog sich sozusagen zurück, begrenzte ihre Sozialkontakte auf das Nötigste.«

»Hat sie sich mit anderen Menschen angelegt«, fragte Kolb nach und ergänzte: »Wir müssen das wissen, denn es ist durchaus möglich, dass der Mord aus sehr persönlichen Motiven verübt wurde.«

»In ihrem Job kam es öfter zu Reibereien, wie ich Ihnen bereits gesagt habe. Die Familien, mit denen sie es zu tun hatte, waren nicht immer umgänglich. Aber das liegt lange zurück.«

»Sie sagten, Ihre Mutter hätte nicht viel Gutes erfahren, was haben Sie damit gemeint?«

»Na ja, der frühe Tod meines Vaters hat ihre Lebenspläne ziemlich verändert. Plötzlich stand sie alleine da mit einem kleinen Kind. Damals war es noch schwieriger als alleinerziehende Mutter. Dann bekam sie die Stelle in einem Kinderheim, eine leitende Position und eigentlich ein Traum von ihr. Und was passiert, alles läuft schief. Gleich im ersten Jahr gibt es einen schrecklichen Unfall, eines der Mädchen stirbt und vier Jahre später brennt das ganze Heim ab, ein weiterer Unfall. Meiner Mutter wurde zwar keine Schuld daran gegeben, aber eine Leitungsposition konnte sie ab da vergessen. Also arbeitete sie als Sachbearbeiterin beim Jugendamt. Ihre Rente war nicht besonders üppig und vermutlich war ich auch eine Enttäuschung.«

»Inwiefern?«, fragte Satzig neugierig nach. »Sie scheinen doch ein gutes Leben zu führen.«

»Ich habe mich bei weitem nicht so um sie gekümmert, wie man das als Sohn vielleicht sollte. Aber ich habe mein eigenes Leben und ich gebe zu, dass es mich gelegentlich genervt hat, Zeit mit ihr zu verbringen. Sie war kein positiver Mensch und je älter sie wurde, desto unerträglicher waren ihre Launen.« Er atmete geräuschvoll aus. »Vielleicht verstehen Sie jetzt, nachdem Sie das gehört haben, dass es mir schwerfällt, darüber zu sprechen. Und nochmals, sie war meine Mutter, natürlich wird sie mir fehlen, auch wenn sie nicht perfekt war, aber wer ist das schon.«

Satzig hielt ihm sein Handy entgegen. Darauf sah man die zusammengesetzte Trauerkarte, die sie im Haus der Toten gefunden hatten. »Können Sie damit etwas anfangen? Diese Karte lag zerrissen im Müll Ihrer Mutter.«

Adrian Baumann hob entsetzt die Augenbrauen. »Davon hat sie mir nichts erzählt, was hat das zu bedeuten? Ist das ein makabrer Scherz?« Er las leise den Text vor: *»Heute ist ihr Todestag und du hast sie auf dem Gewissen!«*

»Wir dachten, Sie könnten uns da weiterhelfen.«

Betroffen schüttelte Pia Baumanns Sohn zunächst den Kopf, dann jedoch runzelte er die Stirn, ihm schien etwas einzufallen. »Wissen Sie, bei den Familien, die meine Mutter betreut hat, gab es viele Probleme. Vielleicht soll damit auf irgendetwas angespielt werden, zum Beispiel den Selbstmord einer Mutter, den Drogentod einer Tochter, etwas in der Art. Meine Mutter hat versucht, die Kinder aus einem schädlichen Umfeld herauszuholen, aber es ist illusorisch zu glauben, dass das immer gelingen kann.«

»Fällt Ihnen dazu ein konkreter Fall ein?«

Er dachte angestrengt nach, schüttelte dann aber

den Kopf. »Sie hat selten mit mir über ihre Arbeit geredet. Vermutlich, um mich zu schonen.«

»Und dieser Unfall im Kinderheim, der Tod des Mädchens, den Sie eben erwähnt haben?«

»Das liegt so lange zurück, ich kann mich kaum noch an das Heim erinnern. Aber ich weiß noch, dass ich zu der Zeit mit Mumps im Bett lag, das war furchtbar langweilig und schmerzhaft, vermutlich ist es mir deshalb im Gedächtnis geblieben.«

* * *

Auf dem Weg zu ihrer nächsten Befragung bemerkte der Oberkommissar: »Unser Opfer scheint nicht besonders nett gewesen zu sein. Ich kann mir kaum vorstellen, dass die Kinder sie mochten und umgekehrt. Das mit dem Giftköder spricht doch Bände.« Er sah neugierig zu seinem Kollegen.

»Hast du dem Sohn nichts von dem Giftköder im Kühlschrank seiner Mutter erzählt, um ihm das zu ersparen?«

»Auch«, gestand Satzig ein, »aber vor allem, weil ich es für besser halte, wenn davon zunächst nichts nach außen dringt. Was uns Adrian Baumann eben erzählt hat, reicht aus, um zu bestätigen, dass sich Pia Baumann im Laufe ihres Lebens zumindest einen gefährlichen Feind gemacht hat.«

* * *

Kurze Zeit später erreichten sie die Hundepension von Gerd Nilson. Der Mann hatte sich Satzigs Ratschlag zu Herzen genommen und bereits fleißig Zettel aufgehängt, um vor möglichen Giftködern zu warnen.

Als Hauptkommissar Satzig nun klingelte, erhielt er von der Hundemeute im Inneren des Hauses heulende Antwort.

»Nicht gerade leise«, stellte der Oberkommissar fest und sah sich um. »Die unmittelbare Nachbarschaft kann das kaum überhören. Allerdings ist das Gebell weniger störend als der Verkehrslärm.«

»Er wohnt nicht allzu weit von Pia Baumann entfernt. Damit wird es sehr wahrscheinlich, dass er mit seinen Hunden auch in deren Straße unterwegs war«, warf der Hauptkommissar ein, während sie durch die Tür ein energisches »Zurück!« hörten.

Einige der Vierbeiner im Inneren waren offenbar nicht bereit, kampflos den Eingang freizugeben, denn erneut erklang Nilsons Stimme, dieses Mal ungeduldig: »Milo, was habe ich gesagt.« Ein verhaltenes Brummen folgte, dann schien Nilson, seine Gruppe zur Vernunft gebracht zu haben.

Er öffnete und sah misstrauisch in das Gesicht der Beamten. »Sie halten also Wort und kümmern sich um den Fall?«

Satzig hatte nach dem ersten Gespräch mit dem Mann tatsächlich mit der Streife gesprochen und war bereit gewesen, sein Versprechen zu halten. Bevor er jedoch klarstellen konnte, warum er wirklich hier war, bat sie der Mann hinein.

Die buntgemischte Hundetruppe betrachtete die Neuankömmlinge interessiert.

»Die sind alle ganz harmlos«, versicherte ihnen der Pensionsbetreiber.

Während Kolb wie gebannt in die unglücklichen Augen einer sabbernden Boxerhündin blickte, machte Satzig den Fehler, in die Hocke zu gehen. Sofort umringten ihn ungefähr fünf Fellnasen und ließen sich streicheln. Einer der Hunde, der etwa die Ausmaße eines kleinen Ponys hatte, versuchte sogar, auf den Schoß des Hauptkommissars zu klettern.

»Jetzt reicht es aber, Tyson«, griff Nilson ein.

»Das ist der erste Neufundländer, der sich für einen Chihuahua hält, umgekehrt kommt das allerdings öfter vor.«

Nilson bat sie ins Wohnzimmer und entließ die Hunde in den Garten hinterm Haus.

Auf einem Sessel lag Jasmin, Satzig erkannte das Tier von den Bildern und fragte automatisch. »Wie geht es ihr denn?«

»Besser, aber sie braucht noch Ruhe.«

Dann setzten sie sich.

»Also«, sagte Nilson erwartungsvoll. »Was haben Sie herausgefunden?«

Der Oberkommissar sah den älteren Kollegen fragend an, der übernahm und stellte eine Gegenfrage: »Kennen Sie zufällig eine Pia Baumann?«

»Die, die umgebracht wurde? Habe es gerade erfahren, einer meiner Kontakte hat es in den sozialen Netzwerken gepostet«, antwortete ihnen der andere prompt und Satzig wünschte sich die alten Zeiten zurück, wo die Polizei noch in der Lage gewesen war, Informationen zum Wohle der Ermittlungen zurückzuhalten.

»Genau, die, die umgebracht wurde«, bestätigte er resigniert und wusste, dass sich Nilson, sollte er der Täter sein, nicht mehr überrumpeln ließ, sondern bestens auf das Gespräch vorbereitet war.

»Möglich, dass ich sie vom Sehen kannte«, reagierte er vage.

Dieses Mal war es Kolb, der sein Handy aus der Tasche zog und ein Bild des Opfers zeigte.

»Ja, der bin ich schon begegnet, bei meinen Gassirunden.«

»Haben Sie mit ihr gesprochen?«, fasste Satzig nach.

»Warum?«, war Nilson plötzlich auf der Hut.

»Ja oder nein?«, ließ der Hauptkommissar nicht locker.

»Nicht, dass ich wüsste«, gab er störrisch zurück und Satzig hatte sofort das Gefühl, dass das eine Lüge war.

Seinem Bauchgefühl folgend, sagte er daher: »Und wenn ich einen Zeugen hätte, der etwas anderes aussagt?«

»Himmel Herrgott«, fluchte Gerd Nilson, »dann

habe ich eben mit der alten Schachtel gesprochen. Ist ja kein Verbrechen.«

»Ich nehme an, es war kein erfreuliches Gespräch und ich nehme weiter an, es ging um die Hunde.«

Nilson verzog das Gesicht. »Natürlich ging es um die Hunde, sie hat behauptet, überall würden Häufchen herumliegen. Ich habe ihr widersprochen und versucht zu erklären, dass nicht alle Hundebesitzer unsauber sind.«

»Sie hatten Streit«, fasste Kolb nach.

»Nein, das war kein Streit. Ich versuche immer, vernünftig mit den Menschen zu sprechen. Ich kläre sie auf, erzähle von den Tieren und von meinen Bemühungen, sämtliche Hinterlassenschaften zu beseitigen. Ob Sie es glauben oder nicht, wenn ich einen Hundehaufen auf der Straße liegen sehe, dann mache ich ihn weg, selbst wenn er nicht von meinen Tieren stammt. Ich habe immer Kottüten dabei. Ich will nicht, dass die Rücksichtslosigkeit einiger Hundebesitzer am Ende den Tieren schadet.«

»Wie hat Frau Baumann auf Ihre Erklärungen reagiert?«

Müde schüttelte er den Kopf. »Schwer zu sagen. Sie hat sich jedenfalls nicht für ihren unfreundlichen Tonfall entschuldigt. Das Einzige, was über ihre Lippen kam, war: ›Dann wollen wir mal hoffen, dass Ihre schönen Worte kein Blabla sind.‹ Damit hat sie mich stehen lassen, vermutlich weil sie schon ein weiteres Opfer zum Streiten in Aussicht hatte.«

»Wie dürfen wir das verstehen?«

»Sie ging über die Straße und da kam eine Frau auf sie zu«, sagte er triumphierend.

»Und was ist dann passiert?«, fragte Satzig ungeduldig, der hoffte, dass Nilson irgendetwas mitbekommen hatte.

»Die haben gestritten«, antwortete er und als ihm der Hauptkommissar einen ungeduldigen Blick zuwarf, wurde er deutlicher. »Ich hatte Karlo dabei, der ist immer ein bisschen schwierig mit seinem Geschäft. Der muss erst den ganzen Bereich abschnuppern, bevor er sich bequemt zu häufeln. Deshalb stand ich immer noch an der Hecke, als diese Fremde auftauchte. Sie rief schon von weitem: ›Pia, warte‹, daraufhin blieb die Alte stehen und schnauzte: ›Was willst du?‹ Die andere erwiderte: ›Wir sollten reden, ich möchte meinen Frieden finden.‹ Irgendetwas in der Art. Ich gebe zu, ab diesem Zeitpunkt kann ich Karlo nicht mehr die Schuld geben, ich wurde neugierig und habe gelauscht.«

»Sehr schön«, erwiderte Satzig sehr bemüht, sich einen geduldigen Tonfall zu bewahren.

»Jedenfalls hat diese Baumann gehässig aufgelacht und gesagt: ›Mach deinen Frieden mit wem auch immer, aber verschone mich mit diesem Gefasel, du bist und bleibst eben eine dusslige Kuh.‹ Ich dachte noch, was für eine schreckliche Frau und genau das hat ihr die andere dann auch gesagt: ›Du schreckliche, alte Frau, du wirst in der Hölle schmoren, das kann ich dir versprechen.‹ Daraufhin hat sie auf dem Absatz kehrtgemacht und ist gegangen. Die Alte verschwand im Haus und ich habe die Gassirunde beendet.«

»Wo waren Sie gestern Abend zwischen 17.30 Uhr und 21.00 Uhr?«

»Bei meinen Tieren natürlich«, Nilson wurde wieder zurückhaltender.

»Kann das jemand bestätigen?«

»Die letzte Abholung war gegen 18.30 Uhr, Karlos Frauchen musste länger arbeiten. Danach habe ich mich um Jasmin gekümmert, sie braucht spezielles Futter, das ich selbst koche, das kostete Zeit. Glauben Sie etwa, dass ich etwas mit dem Tod dieser merkwürdigen Frau zu tun habe?«

»Haben Sie?«, fasste Satzig ganz automatisch nach.

»Nein, wieso auch?«, empörte sich Nilson.

»Vielleicht weil sie herausgefunden haben, dass sie diejenige war, die die Giftköder gelegt hat.«

Nilson wirkte wie vom Donner gerührt, stieß geräuschvoll die Luft aus und der Hauptkommissar fragte sich, wie gut der Mann wohl Theater spielen konnte.

»Die war das?«, kreischte Nilson schrill, »dann ist es gut, dass sie tot ist. Dem, der das getan hat, werde ich …«, bevor er sich um Kopf und Kragen reden konnte, besann er sich, sagte lediglich: »Sie werden verstehen, dass sich meine Anteilnahme, was den Tod dieser widerlichen Person angeht, damit in Grenzen hält.«

Der durchdringende Blick seines Gegenübers ließ ihn noch anfügen: »Ich war das nicht. Sie können mich nicht einfach beschuldigen. Ich dachte, Sie sind hier wegen der Hunde, um mir zu helfen.«

»Ich habe Ihnen gesagt, dass wir Delikte dieser Art nicht auf die leichte Schulter nehmen, aber ich sage Ihnen auch, dass ich dafür sorge, dass jemand, der einen Mord begeht, hinter Gitter kommt. Und jetzt bitte ich Sie, uns eine Beschreibung der Frau zu geben, die mit Pia Baumann diesen Streit hatte. Denn ich gehe davon aus, dass diese Geschichte stimmt und nicht dazu dient, uns abzulenken.«

»Ich werde mir einen Anwalt nehmen«, schnauzte Nilson.

»Das steht Ihnen frei«, blieb Satzig ruhig.

Dennoch gab Nilson ihnen eine Beschreibung.

Als die Beamten fertig waren, bemerkte Kolb, dass man ihn beobachtete. Die Boxerhündin starrte ihn durch die Scheibe der Terrassentür an.

Nilson bemerkte das ebenfalls und sagte daraufhin sarkastisch: »Helga scheint sich für Sie zu interessieren, Herr Oberkommissar. Aber das alte Mädchen hatte immer schon einen schlechten Geschmack, der letzte Besitzer hat sie im Sommer auf der Autobahn ausgesetzt. Ich übernehme vorübergehend ihre Betreuung, bis wir einen neuen Platz für sie finden.«

Auf der Straße angekommen, brummte Kolb: »Das war ganz schön unverschämt. Ich würde nie ein Tier aussetzen.«

»Das hat er nicht persönlich gemeint«, wollte ihn Satzig beschwichtigen. »Der ist sauer, weil wir ihn verdächtigen.«

»Durchaus zu Recht«, schimpfte Kolb weiter und dachte an den traurigen Blick des Boxers. »Motiv und Gelegenheit. Er hat schließlich angekündigt, gegen denjenigen vorzugehen, der für die Vergiftung seines Hundes verantwortlich ist, koste es, was es wolle. Er weiß, wo die Schuldige wohnt, findet schnell ihre Gewohnheiten heraus und folgt ihr auf den Friedhof, vielleicht sogar mit seinen Hunden, total unauffällig.« Der Oberkommissar wartete auf die Zustimmung des Kollegen, aber die blieb aus. »Du bist anderer Meinung?«, hakte er deshalb nach.

»Warum kam er dann überhaupt zur Wache und hat mit seiner Geschichte auf sich aufmerksam gemacht. Außerdem frage ich mich, was das mit dem Panzerband für einen Hintergrund hat. Das muss doch etwas bedeuten. Warum hätte Gerd Nilson irgendein Ritual an der Leiche vollziehen sollen?«

»Um uns abzulenken. Dadurch suchen wir nach komplizierten Antworten, anstatt die Tat einfach nur als einen grausamen Akt der Rache zu sehen.«

10

Am nächsten Morgen

Es regnete in Strömen und Hannahs blonde Haare begannen, sich bereits zu kräuseln. Dabei hatte die Siebenundzwanzigjährige so viel Sorgfalt walten lassen, um sie ordentlich zu glätten. Sie wollte gut aussehen, mit ihrem Äußeren Vertrauen schaffen, auch wenn es eigentlich nur auf die innere Schönheit ankam. Zumindest sagte das ihre geistige Führerin und Hannah war überzeugt, dass die recht hatte.

»Dennoch kann es nichts schaden, wenn wir den Menschen unser Bestes zeigen. Du hast ein hübsches Gesicht, das wird sie williger machen, die Botschaft zu empfangen«, hatte sie ihr erklärt.

Hannah hatte für den Bruchteil einer Sekunde das Bedürfnis verspürt zu widersprechen, zu hinterfragen, ob das denn nicht scheinheilig wäre. Gerade noch rechtzeitig war ihr jedoch eingefallen, dass sie als Neuling in der Glaubensgemeinschaft noch einige Prüfungen zu bestehen hatte, unter anderem gehörte da auch widerspruchsloser Gehorsam dazu. *Ständig zu zweifeln, wird dich nicht voranbringen, sondern in der Spirale aus Angst und Wut gefangen halten,* hatte sie sich schließlich an die Leitsätze der Gemeinschaft erinnert.

Hannah lächelte, sah Richtung grauen Himmel und sagte leise: »Ich tue, was dir gefällt und heute gefällt es dir, dass ich im Regen stehe und niemand vorbeikommt. Selbst der Platz neben mir ist leer.« Damit spielte sie auf Sabrina an, die eigentlich zusammen mit Hannah eingeteilt gewesen war, in letzter Minute jedoch wegen einer aufkommenden Grippe abgesagt hatte. Hannah verdächtigte die andere allerdings, nur eine Ausrede gebraucht zu haben. Ein heftiger Donner ließ sie aufschrecken und sofort fühlte sie sich ertappt. »Du hast recht Herr, ich sollte nicht schlecht über Sabrina denken. Vermutlich hat es einen Grund, warum ich alleine im Regen stehe.«

Sie bewegte die Finger der rechten Hand, die krampfhaft den Griff ihres Schirms umklammerten. Der Regenschutz hatte einen ungewöhnlich großen Durchmesser und war deshalb schwer. Schließlich sollte er ja auch noch die Broschüren schützen, die sie auf dem kleinen Klapptisch vor sich ausgelegt hatte. Dennoch konnte sie nicht verhindern, dass sich das

Papier der farbigen Drucke zu wellen begann, ähnlich wie Hannahs Haare.

Um ihre kalten Füße warm zu bekommen, bewegte sie die Zehen, stand sogar einmal schwankend auf den Spitzen, dann auf den Fersen, so als würde sie Gymnastik betreiben.

Ihr Blick fiel auf die Uhr und zeitgleich kam der Acht-Uhr-dreißig-Bus. Endlich, dachte Hannah, sie wollte heute mindestens ein neues Mitglied für ihre Glaubensgemeinschaft gewinnen. Die Türen öffneten sich geräuschvoll und ein Mann stieg aus. Noch bevor sie zu ihm »Hallo« sagen konnte, spurtete er an ihr vorbei, vermutlich, um sich schnell vor dem Regen in Sicherheit zu bringen. Dass er dabei in die Pfütze dicht vor Hannahs Klapptisch trat und das Wasser dadurch bis zu den Flyern spritzte, kümmerte ihn überhaupt nicht. Während er in die nächste Straße abbog, sammelten sich bräunliche Tropfen auf den Prospekten.

»Oh nein«, seufzte Hannah und begann, mit einem Papiertaschentuch diese abzutupfen, was alles nur noch schlimmer machte. Daher beschloss sie, die obersten Exemplare auszutauschen. Dafür wiederum musste sie die kleinen Steine, die sie zum Beschweren auf die Stapel gelegt hatte, anheben, schnell genug sein, um den Windböen zuvorzukommen, den Schirm halten und einen möglichen Interessenten erkennen und ansprechen. Am liebsten hätte sie geheult, denn heute lief nichts nach Plan. Nicht einmal die Baustelle nebenan war besetzt, der Regen hatte es den Arbeitern offenbar unmöglich gemacht, ihre Aufgaben zu erledigen.

»Das ist eine Prüfung«, murmelte Hannah, um sich selbst Mut zu machen. »Ich werde das durchstehen, nicht wie sonst gleich aufgeben. Durchhalten!«, sprach sie sich selbst Mut zu und versuchte, nicht daran zu denken, dass sie noch drei weitere Stunden hier ausharren musste, bevor die Ablösung kam.

Während Hannah weiterhin dem Regen trotzte und bemüht war, sich und das Infomaterial trocken zu halten, bemerkte sie jemanden auf der anderen Straßenseite.

Aus Sorge, dass sich heute keine weitere Möglichkeit bieten könnte, nahm sie allen Mut zusammen und rief gut hörbar, vielleicht sogar etwas zu laut. »Suchst du Glück und Frieden?«

Da man sie keines Blickes würdigte, ging sie bereits davon aus, dass auch dieser Versuch vergebens gewesen war, doch plötzlich hielt die Gestalt auf der anderen Straßenseite an, drehte sich in ihre Richtung und überquerte die einspurige Fahrbahn, um dann anstatt einer Begrüßung zu blaffen: »Wie kannst du mir Glück und Frieden schenken?«

Die fordernde, fast schon wütende Art, wie die Frage gestellt worden war, erschreckte Hannah zwar, aber dann besann sie sich darauf, dass sie sämtliche teuren Seminare und Workshops doch genau aus diesem Grund besucht hatte. Sie war darin geschult worden, den Verlorenen zu erklären, wie man wieder Hoffnung schöpfen konnte.

Zunächst lächelte sie deshalb freundlich und stellte sich vor. Dann reichte sie eine der feuchten Broschüren über den Tisch.

Dabei entging ihr nicht das spöttische Grinsen, bevor eine abfällige Bemerkung folgte: »Papier ist geduldig. Was da steht, ändert nichts daran, wie die Menschen wirklich sind. Sie verraten und verletzen dich, lassen dich im Stich und du bleibst zurück mit Schuldgefühlen und Wut.«

»Das muss aber nicht für immer so sein«, stieg Hannah sofort darauf ein. »Ich war auch einmal sehr wütend, aber seit ich bei unserer Gruppe bin, hat sich das geändert. Ich habe gelernt zu vertrauen.«

»Das glaube ich nicht«, wurde ihr vehement widersprochen. »Und außerdem will ich nicht vertrauen. Es ist besser, auf der Hut zu sein. In den Menschen versteckt sich das Teuflische.«

»Diese Einstellung wird dir aber keinen Frieden schenken«, fuhr Hannah tapfer fort, Überzeugungsarbeit zu leisten.

Für einen Moment herrschte Stille. Der Regen prasselte auf den Schirm der blonden Frau, sorgte weiterhin dafür, dass sich ihre Haare kräuselten, dass die Flyer sich wellten, und nichts schien sich geändert zu haben.

»Ich gehe jetzt«, verabschiedete man sich von ihr.

Hannah nickte, was hätte sie auch sonst noch sagen können. Traurig beobachtete sie, wie das ersehnte neue Gemeindemitglied im Regen verschwand, sich allerdings ein letztes Mal zu ihr umdrehte. Hannah lächelte, hob leicht die Hand zum Gruß, womöglich war doch noch nicht alles verloren.

Sie ist kein guter Mensch, sie ist eine Lügnerin, kam es zeitgleich der reglosen Gestalt in den Sinn und dann bemerkte sie plötzlich die Teufelsfratze, die das sanfte Gesicht der blonden Frau entstellte. So war es immer, erst mit etwas Abstand zeigte sich das Schlechte, das einen Menschen ausmachte. Wie verlockend sie die Hand zum Gruß hob, bereit, mit schönen Worten die Menschen zu verführen, Dinge zu tun, die sie gar nicht tun wollten.

Aber mittlerweile blieben diese Fratzen nicht mehr verborgen und weil das so war, konnte man sie auch vernichten. Es war doch eine glückliche Fügung, dass sich das Beil und die Rolle Panzerband immer noch im Rucksack befanden. Eigentlich sollte beides entsorgt werden und eine Großbaustelle im Regen wäre dafür der richtige Ort. Hier standen genug Container mit Schutt herum, da hätte niemand etwas bemerkt. Zu unsicher war das spontan gewählte Versteck in den Mülltonnen der Nachbarn gewesen und hatte deshalb letzte Nacht für Grübeleien gesorgt. Was, wenn ein zur

Mülltrennung Berufener die Sachen entdecken und der Polizei melden würde? Die nächste Leerung fand erst in fünf Tagen statt. So hatte es keine Wahl gegeben, als in der Dunkelheit, im Abfall zu wühlen, die Tüte mit Beil und Panzerband herauszufischen und sich am frühen Morgen aufzumachen, um einen besseren Platz zu finden. Wie sich jetzt herausstellte, hatte das Schicksal seine Hand im Spiel, denn Beil und Panzerband wurden noch einmal gebraucht. Die Entscheidung war getroffen, die Teufelsfratze musste beseitigt werden.

Hannah strahlte über das ganze Gesicht, als ihre Neuanwerbung zurückkam. Die junge Frau bereitete sich auf die zweite Phase des Gesprächs vor, die mit der Einladung zur nächsten Feier begann, aber, noch bevor sie etwas sagen konnte, wurde sie mit eindringlichen Worten unterbrochen.

»Es tut mir leid, dass ich so unfreundlich war, aber ich habe gerade furchtbare Angst.«

»Das Gefühl kenne ich«, zeigte sich Hannah verständnisvoll.

»Nein, es ist sehr konkret, mein Hund ist entlaufen und ich suche ihn schon den ganzen Morgen, mittlerweile glaube ich, dass er vielleicht auf der Baustelle ist. Ich bräuchte wirklich jemand, der mir hilft. Was, wenn er in ein Loch gefallen ist und ich die Rettungskräfte alarmieren muss? Was, wenn ich auf dem Gelände keinen Handyempfang habe oder keine Zeit mehr? Ich werde verrückt bei dem Gedanken.

Kannst du nicht schnell mitkommen? Das würde mir wirklich den Glauben an die Menschheit zurückgeben.«

»Wir sind sehr tierlieb in unserer Gemeinschaft, du und dein Hund seid herzlich eingeladen zu unserer nächsten Feier.«

Das erleichterte Lächeln und der Satz: »Wir kommen auf jeden Fall«, ließen Hannah jede Vorsicht vergessen und die offensichtliche Lüge nicht erkennen.

Schnell packte sie ihre Broschüren in eine Tüte und lehnte den Klapptisch an das Haltestellenschild. Bei dem Wetter war nun wirklich nicht damit zu rechnen, dass jemand hier vorbeikam und ihn stahl.

Hilfsbereit betrat sie schließlich die Baustelle.

»Warum hast du das denn nicht gleich gesagt? Wie heißt dein Hund?«, fragte sie und suchte mit den Augen die Umgebung ab.

Der Schnitt mit der scharfen Klinge direkt an Hannahs Kehlkopf kam so unerwartet, dass sich weder Schreck noch Verwunderung in ihrem Blick abzeichneten. Sie sackte einfach in die Knie, den freundlichen Gesichtsausdruck beibehaltend, während das Blut wie eine Fontäne aus ihrem Hals spritzte und ihr überdimensionaler Regenschirm vom Wind davongetragen wurde. Wie in Zeitlupe bewegte sie die Hände an die eigene Kehle, zog sie langsam zurück und betrachtete für eine Sekunde die feuchten, rotverschmierten Finger – dann sah sie zu dem Beil, das in der Luft über ihr zu schweben schien.

Erst jetzt änderte sich ihre Mimik, spiegelte die Angst wider, die sie plötzlich empfand, aber auch die Unfähigkeit, in diesem Augenblick auf das zu vertrauen, was sie in den letzten Monaten in der Gemeinschaft gelernt hatte. Als das Beil ihren Scheitel traf und tief eindrang, glaubte sie, ihr Kopf würde explodieren. Die Siebenundzwanzigjährige fiel zur Seite, rote Tropfen perlten an ihrem Regenmantel ab, färbten die blonden Haare rosa. Hannah war tot und längst nicht bereit gewesen, dem Gott zu begegnen, an den sie so verzweifelt versucht hatte zu glauben.

Das Beil ragte immer noch aus ihrem Kopf, ähnlich einer albernen Halloween-Dekoration, und wurde schließlich kraftvoll zurückgerissen.

»Jetzt kannst du *Glück und Frieden* finden«, folgte ein leises, abschätziges Murmeln.

Als das Panzerband um Hannahs Kopf gewickelt wurde, legte der Regen an Heftigkeit zu.

Wie gewohnt verlief die erste Bahn um das Kinn des Opfers, verdeckte die zweite den Mund, die nächsten Wangen und Nase, dann waren die Augen an der Reihe. Doch davor geschah etwas Seltsames. Die Teufelsfratze, bis eben noch präsent, verschwand. Nur der harmlose, fast schon naive Blick der Toten blieb zurück.

»Nein, das kann nicht sein!«, unterbrach ein

Keuchen das Prasseln des Regens. »Ich habe sie doch gesehen, eben war sie noch da …«

Hektisch wurde jetzt an dem Panzerband gerissen, das sich jedoch nicht so leicht entfernen ließ. Die Klebestreifen lösten sich erst, als mit Gewalt daran gezerrt wurde, allerdings nicht ohne dabei Verletzungen in Hannahs Gesicht zu hinterlassen. Außerdem waren sie so fest mit den Haaren der toten Frau verbunden, dass beim Abziehen unweigerlich ganze Büschel ausgerissen wurden.

»Du willst mich austricksen!«, wurde Hannahs Leiche beschimpft. »Du denkst, du kannst es vor mir verbergen, aber ich weiß, wo das Teuflische, das Schlechte steckt. Du willst mir dein wahres Ich nicht mehr zeigen – keine Chance, ich kenne es bereits und ich werde es erneut sichtbar machen!«

Eine wilde, rücksichtslose Raserei begann. Wieder wurde mit dem Beil ausgeholt. Die vielen Male, die daraufhin auf die Tote eingedroschen wurde, ließen sich kaum zählen. Und als es endete, war nichts mehr übrig – weder Hannahs sanftes Gesicht noch eine teuflische Fratze.

11

Etwa zur gleichen Zeit saßen Michael Satzig und Norbert Kolb in der Küche von dessen Eltern und tranken einen Kaffee. Der Hauptkommissar mochte die Familie und wenn er seinen Kollegen zum Dienst abholte und noch etwas Zeit war, sagte er gerne »Hallo«.

Wie nebenbei ließ Kolb heute eine Bemerkung fallen, die Satzig hellhörig machte. »Wir sollten über eine Alarmanlage nachdenken, immerhin ist das Haus groß und ich bin ja nicht immer da.«

»Ach Junge«, antwortete die Mutter gerührt, »du musst dir nicht immer so viele Sorgen um uns machen, wir kommen schon klar und hier in der Gegend wurde noch nie eingebrochen.«

»Das sagen die Leute immer und werden erst wachsam, wenn es zu spät ist.«

Der Vater, der in der Zeitung blätterte, brummte:

»Das ist dann wieder so ein moderner Firlefanz, der nicht richtig funktioniert und mitten in der Nacht losgeht. Ich erinnere mich mit Schrecken an den Autoalarm der Schöffers nebenan.«

»Die Anlagen sind Hightech und hoch empfindlich, da kommen gelegentlich Fehlalarme vor«, warf Kolb ein und Satzig fragte sich, warum er mit dieser Antwort noch Öl ins Feuer goss.

»Siehst du«, der Vater hatte die Zeitung beiseitegeschoben und fühlte sich bestätigt. »Das wird nur wieder Stress mit Handwerkern und Hotlines geben.«

»Irgendetwas sollten wir tun«, blieb der jüngere Kolb ernst, »ich werde mir eine Lösung überlegen«, fügte er schließlich an.

»Bloß keinen Computer! Wenn du nicht da bist, dann stehen wir wieder wie der Ochs vorm Berg vor dem Gerät«, stellte sein Vater klar.

»Wir finden eine passende Alternative«, sagte der Oberkommissar leicht hin und erhob sich, es war Zeit zu gehen.

Die Mutter begleitete sie noch zur Tür, flüsterte: »Besser einen Computer und nichts, was er selbst reparieren kann, sonst werkelt er wieder die ganze Zeit daran herum, bis es kaputt ist. Das war mit den Rauchmeldern das Gleiche. Das war seine Schuld, dass die ständig losgegangen sind. Aber das will er natürlich nicht zugeben.« Sie seufzte. »Wenn ihm langweilig ist, fängt er an, Dinge zu reparieren, die einwandfrei funktionieren. Ich bringe ihn einfach nicht dazu, sich ein Hobby zu suchen.«

»Wir finden auch dafür eine Lösung«, redete ihr Kolb gut zu und drückte ihr einen Kuss auf die Wange.

Er war schon fast aus der Tür, da fragte sie noch: »Willst du nicht mal wieder Corinna zum Abendessen mitbringen?«

»Wir sind nicht mehr zusammen«, erklärte er mit einem verlegenen Lächeln.

»Ach Norbert«, seufzte Frau Kolb daraufhin und wandte sich an Satzig. »Können Sie ihm nicht gut zureden, dass er endlich sesshaft wird. Ich bin jetzt dreiundsiebzig und will nicht, dass ich meine Enkel erst kennenlerne, wenn ich im Pflegeheim liege.«

Der Hauptkommissar schmunzelte, auch weil er wusste, dass sein Kollege alles hatte, außer die Absicht zu heiraten und eine Familie zu gründen. »Ich werde mein Bestes tun, denke aber nicht, dass ich ein Vorbild bin mit zwei Scheidungen.«

»Sie trifft da keine Schuld, das lag an Ihren Partnerinnen«, erwiderte Frau Kolb voller Überzeugung.

* * *

Später im Auto bemerkte Satzig: »Deine Mutter ist ausgesprochen nett und die erste Frau, die immer auf meiner Seite steht.«

Der Oberkommissar grinste. »Ich weiß, ich habe

wirklich Glück mit meinen Eltern. Sonst wäre ich vermutlich auch schon längst ausgezogen, aber das Generationenhaus funktioniert bei uns. Und die beiden respektieren meine Privatsphäre.«

Kolb hatte die Wohnung im ersten Stock bezogen und es bis jetzt nicht bereut.

»Und was sollte das mit der Alarmanlage? Du führst doch etwas im Schilde?«

»Ich denke darüber nach, eine Frau bei mir einziehen zu lassen.«

»*Ernsthaft*?«, reagierte Satzig überrascht.

»Traust du mir das etwa nicht zu?«, gab sich sein Kollege empört.

»Ich traue dir so einiges zu, denn offensichtlich scheint die Damenwelt in dir irgendetwas zu sehen.«

»Na hör mal, du tust ja gerade so, als wäre das völlig absurd«, schnappte Kolb.

Satzig behielt für sich, dass er sich immer wieder darüber wunderte, wie jemand mit Kolbs unspektakulärer Statur und durchschnittlich attraktivem Gesicht stets ausgesprochen hübsche und moderne Frauen anzog.

»Ich bin ein witziger Typ und sehr aufmerksam und vieles mehr.«

»Und wer ist nun die Glückliche, die du in deine heiligen Hallen einziehen lässt?«, hakte Satzig neugierig nach.

»Du kennst sie, sie heißt Helga.«

Sofort ging der Hauptkommissar gedanklich alle

ihm bekannten Freundinnen von Kolb durch, bis er das freche Grinsen seines Beifahrers bemerkte und einen unfeinen Fluch ausstieß: »Du sprichst von der Boxerhündin aus der Tierpension, deshalb das Theater mit der Alarmanlage.«

»Meine Eltern muss man schonend auf Veränderungen vorbereiten. Vor allem meinen Vater. Er wird einen Hund im Vergleich zu einer nervenden Alarmanlage zunächst als das kleinere Übel sehen. Zeitgleich werde ich ihnen sagen, dass das nur vorübergehend ist, was den Druck rausnimmt. Mein Vater wird dann mit ihr Gassi gehen, was er für eine Verpflichtung hält, die er notgedrungen übernimmt und sich zunächst auch darüber beschweren. Das führt allerdings dazu, dass er endlich eine sinnvolle Beschäftigung hat, was meine Mutter glücklich machen wird, die vermutlich Tag und Nacht damit verbringt, den Hund zu verwöhnen. Außerdem wird Helga bei mir leben, dann haben die beiden nicht das Gefühl, komplett für sie verantwortlich zu sein.«

»Und dann?«, fragte Satzig neugierig.

»Ich kenne meinen Vater, der wird über Helga mit Argusaugen wachen und mich vermutlich enterben, wenn ich wirklich vorhätte, sie wieder zurückzugeben. Ich denke, dieser Hund wird uns alle drei glücklich machen. Hast du ihren Blick gesehen?«

»Und wann willst du dieses raffinierte Unterfangen starten?«

»Ich dachte, ich warte bis zum Abschluss des Falls.

Solange Gerd Nilson auf der Verdächtigenliste steht, wird ein privater Kontakt schwierig.«

Satzig schüttelte amüsiert den Kopf. »Soso, ein trauriger Hundeblick und Oberkommissar Norbert Kolb ist bereit, sogar die eigenen Eltern auszutricksen.«

Eine entsprechende Erwiderung des Oberkommissars blieb jedoch aus, denn das Labor meldete sich mit interessanten Neuigkeiten.

»Wir haben an der Leiche von Pia Baumann Blut gefunden, das nicht von ihr stammt. Leider gab es dazu keine Übereinstimmung in der DNA-Datenbank.«

»Das könnte bedeuten, dass es der Täter ungewollt hinterlassen, dass er sich verletzt hat«, spekulierte Kolb. »Könnte ein unauffälliger Schnitt an den Händen oder am Arm sein. Wenn wir jetzt eine DNA-Probe von unseren Verdächtigen nehmen, dann lösen wir den Fall eventuell schneller als gedacht.«

»Eines kann ich jedoch bereits ausschließen«, fuhr der Gerichtsmediziner fort: »Das fremde Blut stammt nicht von einem nahen Verwandten des Opfers.«

»Damit fällt Adrian Baumann also raus«, folgerte Kolb. »Vielleicht sollten wir später bei der Tierpension vorbei und Gerd Nilson um eine DNA-Probe bitten, um ihn gegebenenfalls von der Verdächtigenliste streichen zu können.«

Satzig lenkte den Wagen zu ihrem Ziel in der Frankfurter Innenstadt, Kolb sah ihn fragend an. »Hältst du das nicht für eine gute Idee?«

»Doch, natürlich, fragen wir höflich an, vielleicht gibt er uns seine DNA freiwillig, dann sparen wir uns einen richterlichen Beschluss.«

»Er wird einwilligen, wenn es beweisen kann, dass er nichts mit dem Mord an Pia Baumann zu tun hat.«

»Ganz so einfach ist das für mich nicht«, widersprach Satzig. »Was, wenn das Blut nicht vom Täter, sondern von einem weiteren Opfer stammt?«

»Mist«, fluchte Kolb, »das könnte natürlich sein, also gibt es keine Ausschlussmethode.«

»Nicht wirklich. Aber warten wir ab, was uns die Exfrau von Adrian Baumann über ihre ehemalige Schwiegermutter erzählt. Vielleicht haben wir mit ihr eine weitere Verdächtige gefunden.«

12

Carmen Baumanns Wohnung lag im sechsten Stock eines modernen Gebäudes. In edlem Weiß glänzend und mit den besten Materialien ausgestattet, präsentierte sich bereits der Eingangsbereich luxuriös. Es existierte eine Rezeption wie in einem Hotel und die Dame im schicken schwarzen Kostüm fragte höflich, wo die Herren denn hin wollten.

Die Beamten nannten lediglich ihren Namen, verschwiegen zunächst, dass sie von der Polizei waren, erklärten aber, dass es um den Tod von Pia Baumann ginge. Damit verrieten sie keine Geheimnisse mehr, denn mittlerweile war die Presse informiert worden. Es folgte ein devotes Telefonat der Concierge, die ihnen dann mitteilte: »Frau Baumann erwartet Sie. Benutzen Sie bitte den Aufzug bis zur sechsten Etage.«

Carmen Baumann wartete am Ende des Ganges auf die Beamten. Auch in diesem Flur war Weiß die vorherrschende Farbe und einzig die schmutzigen Gummistiefelabdrücke und winzigen Erdbrocken auf dem glänzenden Plattenboden zeugten davon, dass hier überhaupt jemand wohnte.

»Scheußliches Wetter«, sagte sie zur Begrüßung und bat die Beamten hinein. Carmen Baumann entsprach eigentlich genau Gerd Nilsons Beschreibung; klein, kurze blonde Haare, kräftig gebaut, eingehüllt in wehende Kleider, die vermutlich kaschieren sollten, dass es ihr nicht gegeben war, Größe XS zu tragen. So nachvollziehbar die Idee war, so absurd war sie auch. Denn Carmen Baumann hätte in einem körperbetonteren Outfit wesentlich jünger und spritziger ausgesehen. So glich sie auch aufgrund der gedeckten Farben keinesfalls einer Frau Mitte vierzig, sondern wirkte wesentlich älter.

Auch Adrian Baumann, bei dem sie telefonisch angefragt hatten, war anhand der Angaben von Gerd Nilson in der Lage gewesen, umgehend seine Exfrau zu identifizieren. Bereitwillig hatte er deren Adresse und Telefonnummer genannt. »So viel ich weiß, wohnt sie immer noch dort und nein«, hatte er geduldig angefügt, »ich hatte keine Ahnung, dass sie meine Mutter kontaktiert hat.«

Sie machte einen betroffenen Eindruck, während sich die Beamten auswiesen und den Grund ihres Hierseins erklärten.

»Ich helfe gerne«, sagte sie und führte die Polizisten ins Wohnzimmer. »Mord ist eine Todsünde«, fügte sie noch an. »Es ist schrecklich, wie der Tod meiner Schwiegermutter nun in der Öffentlichkeit breitgetreten wird.«

»Ihrer *ehemaligen* Schwiegermutter«, verbesserte sie Kolb, auch um zu sehen, inwiefern sie sich dadurch provozieren ließ.

»Vor Gott bin ich immer noch verheiratet«, antwortete sie und erntete dafür überraschende Blicke der Beamten.

»Bitte nehmen Sie doch Platz«, sprach sie weiter, als hätte sie etwas völlig Belangloses gesagt. »Ich kann Kaffee anbieten.«

»Gerne«, ließ sich Satzig darauf ein, auch um Zeit zu haben, sich ein wenig umzusehen. »Sie wohnen hier sehr schön«, begann er zunächst ein zwangloses Gespräch, während Carmen einen Designer-Kaffeevollautomaten bediente.

»Blick auf die Frankfurter Skyline, das ist schon *ausgesprochen* besonders«, fügte er noch an. Anstatt besonders hätte er auch teuer sagen können, denn ohne Frage wohnte Carmen Baumann in einem Luxusappartement. Der Hauptkommissar nahm an, dass es etwa hundertvierzig Quadratmeter Wohnfläche besaß. Die Möbel waren kostspielig, mit viel

Geschmack zusammengestellt und gemütlich. Einzig die linke Wand, an der vermutlich jeder andere einen großen Bildschirm oder einen geräumigen Schrank aufgestellt hätte, irritierte den Beamten.

Carmen hantierte immer noch in der offenen Küche, sodass sich Satzig dem großen schwarzen Kreuz aus massivem Holz näherte, das fast von der Decke bis zum Boden reichte. Davor stand ein Pult, auf dem eine Bibel lag, und an dem eine Gebetsbank zum darauf Knien angebracht war. Deshalb nahm der Hauptkommissar auch nicht an, dass das Kreuz an der weißen Wand ein Deko-Element darstellte, das auf einen exzentrischen Innenarchitekten zurückzuführen war, sondern einen Andachtsbereich markierte.

Carmen kam mit einem Tablett zurück, das sie auf den niedrigen Couchtisch vor der anthrazitfarbenen Ledercouch stellte.

Als sie Satzig vor dem Kreuz bemerkte, bestätigte sie seine Theorie, indem sie sagte: »Ich werde den Raum noch wesentlich christlicher umgestalten, das ist vorerst alles provisorisch.«

Sie nahmen Platz und Satzig sprach ihr zunächst sein Beileid aus.

»Es wäre nicht ehrlich von mir zu behaupten, dass ich sie vermissen werde. Allerdings hätte ich mir gewünscht, unser Verhältnis wäre besser gewesen. Es ist traurig, wenn sich eine Familie nicht verträgt.«

»Wie lange sind Sie schon geschieden?«, fragte Satzig direkt, der sich daran erinnerte, dass Adrian

Baumann laut eigener Aussage offenbar kaum Kontakt zu seiner ehemaligen Ehefrau hatte.

»Acht Jahre«, gab die nun unumwunden Auskunft. »Aber das war ein Fehler.«

»Das heißt, Sie nähern sich wieder an?«, fand es der Hauptkommissar interessant nachzuhaken.

»Noch nicht, aber womöglich werde ich mit meinem Mann Kontakt aufnehmen und jetzt, wo Pia nicht mehr lebt, da braucht er mich vermutlich mehr denn je.«

»Der Tod Ihrer Schwiegermutter bringt Sie also wieder zusammen«, bemerkte er harmlos.

»Nein«, antwortete sie automatisch, doch dann hielt sie inne: »Obwohl? Womöglich haben Sie recht.« Ihr Blick wanderte zu dem Kreuz. »Wahrscheinlich gehört das alles zu seinem Plan. Er hat Pia zu sich genommen, weil er wusste, dass sie Schuld daran trägt, dass wir am heiligen Sakrament der Ehe gezweifelt haben.«

»Ihre Schwiegermutter war für die Scheidung verantwortlich?«, fragte dieses Mal Kolb nach. Dabei machte er aus seiner Ungläubigkeit keinen Hehl. Die Geschichte von der bösen Schwiegermutter war für ihn in der heutigen Zeit einfach nicht mehr passend.

Satzig zeigte sich allerdings verständnisvoller und bemerkte: »Die Bindung zwischen Mutter und Sohn ist meistens sehr ausgeprägt. Eine Ehefrau hat es da nicht immer leicht.«

Carmen reagierte mit einem abschätzigen

Zungenschnalzen, wofür sie sich offenbar sofort schämte, denn schnell bewegte sie die Lippen und murmelte ein leises Gebet. »Ich tue mich schwer damit, ihr zu vergeben. Aber es wird mir eines Tages gelingen und dann werde ich voller Liebe für sie sein.«

»Was genau ist denn zwischen Ihnen und Pia Baumann vorgefallen?«, wollte der Hauptkommissar nun genau wissen.

»Das ist es ja«, antwortete ihm Carmen unglücklich. »Ich kann das bis heute nicht richtig in Worte fassen. Vielleicht kennen Sie solche Menschen. Im Prinzip gibt es da erst einmal gar keine Angriffsfläche. Allerdings hat sich Pia mir gegenüber immer reserviert verhalten, sodass ich automatisch das Gefühl hatte, dass sie mich nicht mag. Je mehr ich mich bemüht habe, desto schlimmer wurde es eigentlich.« Sie seufzte und ließ unglücklich die Arme sinken. »Kleine Bemerkungen, die mich verletzt haben und als dann feststand, dass ich keine Kinder bekommen konnte, da wurde es für mich immer unerträglicher. Ständig hatte ich das Gefühl, mich dafür entschuldigen zu müssen. Sie sagte Dinge wie: ›Die Natur reguliert sich selbst, womöglich bist du auch zu sensibel, um den Geburtsschmerz auszuhalten‹.« Carmen senkte den Kopf. »Was soll man darauf erwidern?«

»Und wie hat Ihr Mann reagiert?«, hakte Kolb nun nach.

»Wenn er dabei war, hat sie solche Bemerkungen unterlassen und wenn ich ihm davon erzählt habe, dann hat er gesagt: ›Das ist eben ihre Art, dich zu trösten.‹ Ständig hat er sie in Schutz genommen.«

»Also hatten die beiden ein inniges Verhältnis.«

»Pah!«, schnappte Carmen, »wenn es das gewesen wäre, dann hätte ich ihn vermutlich nie geheiratet. Aber das war nicht innig, eher …« Sie suchte nach den richtigen Worten, stieß geräuschvoll die Luft aus. »Auch etwas, das man nicht wirklich beschreiben kann. Er schien sich ihr gegenüber verpflichtet zu fühlen, so als wäre er ihr etwas schuldig und sie schien, ihn nicht mit mir teilen zu wollen, eifersüchtig zu sein, aber ich hätte wiederum nicht behaupten können, dass sie Adrian gegenüber sehr herzlich aufgetreten wäre.«

»Aber empfinden nicht die meisten Kinder ihren Müttern gegenüber so?«, warf der Oberkommissar ein.

»Sehen Sie, genau das meine ich«, begann sich die Frau zu ereifern. »Am Ende werde ich immer missverstanden.« Ihr Blick wurde trotzig. »Sie haben mich gefragt, ich habe geantwortet, machen Sie damit, was Sie wollen.«

Satzig mischte sich ein. »Kam es deshalb zur Trennung?«

Carmen Baumann drehte sich demonstrativ ein wenig von Kolb weg und sprach nun ausschließlich in Richtung des Hauptkommissars. »Ich hatte Probleme wegen meines unerfüllten Kinderwunschs, fiel in eine Depression, fühlte mich von meinem Mann unverstanden und von meiner Schwiegermutter abgelehnt. Ich bin bis heute nicht dahintergekommen, was die beiden wirklich verbunden hat. Von ihm bekam ich lediglich zu hören, dass Pia ja nun mal seine Mutter sei und er sie deshalb lieben würde. Dennoch hatte ich stets das Gefühl, dass es nicht um Liebe zwischen den beiden ging. Aber«, bemerkte sie plötzlich schuldbewusst, »ich möchte über niemanden schlecht reden, das dürfen Sie nicht falsch verstehen. Ich versuche seit geraumer Zeit, meinen Frieden mit meiner Vergangenheit und den Menschen darin zu machen.« Erneut wanderte ihr Blick zum Kreuz. »Der Herr gab mir die Kraft, neuen Mut zu fassen, und mein Pfarrer unterstützt mich.«

»Sie sind gläubig?«, fragte Satzig überflüssigerweise nach, mit dem Ziel, die Frau zu einem Thema zu führen, über das sie ganz offensichtlich gerne sprach. Das würde die weitere Unterhaltung einfacher gestalten.

»Ich habe meinen Glauben vor etwa sechs Monaten gefunden, bin zur Kirche gegangen, es war wie eine Erleuchtung. Ich hatte schwere Jahre hinter mir. Gebete befreien mich, der Gottesdienst führt mich weg von den sinnlosen Grübeleien und die Gemeinde hilft mir, die wunderbaren Dinge zu sehen, die Gott für uns erschaffen hat und lässt mich die Vergangenheit vergessen.«

»Und dennoch haben Sie wenige Tag vor Pia Baumanns Tod Kontakt zu ihr aufgenommen«, ergänzte Satzig wie nebenbei.

Carmen warf ihm einen überraschten Blick zu,

reagierte nervös. »Um die Vergangenheit hinter sich zu lassen, muss man sie bewältigen. Ich wollte mich mit meiner Schwiegermutter aussprechen.«

»Und wie hat sie darauf reagiert?«, fasste der Hauptkommissar nach, auch um zu überprüfen, ob Carmen die Aussage von Gerd Nilson bestätigte.

»Sie war nicht interessiert, was natürlich schade war«, erwiderte sein Gegenüber kleinlaut.

»Es gab keinen Streit zwischen Ihnen?«

»Offenbar wissen Sie das doch bereits«, schnappte sie zornig und presste die Lippen aufeinander.

»Es wäre mir lieb, wenn ich Ihre Version der Geschichte hören könnte«, gab sich der Beamte versöhnlich.

»Ausnahmsweise war sie bei unserem letzten Treffen sehr direkt, keine subtilen Bemerkungen, keine Sticheleien, sondern nur Bosheit. Mein Pfarrer hat mir geraten, nicht weiter zu insistieren, sondern ihr einfach zu vergeben und das tue ich seither.«

»Dennoch haben Sie ihr gedroht, ein Zeuge hat das Gespräch gehört und behauptet, es wäre der Satz gefallen: ›Du schreckliche, alte Frau, du wirst in der Hölle schmoren, das kann ich dir versprechen‹.«

»Ich weiß nicht mehr, was ich genau gesagt habe, ich war aufgewühlt.«

»Wussten Sie, dass Pia Baumann jeden Tag um die gleiche Uhrzeit auf den Friedhof ging?«

»Ja, natürlich, aber fragen Sie mich nicht, warum sie das tat. Ich bezweifle, dass Adrians Vater in dem Leben meiner Schwiegermutter eine große Rolle gespielt hat. Früher dachte ich, sie ist nur zum Grab, um ihm dann vorzuwerfen, dass er sie und das Kind so früh alleine gelassen hat.«

»Und was denken Sie heute?«

»Dass sie vielleicht Buße getan hat. Dass dieser tägliche Gang zu einem heiligen Ort eine selbstauferlegte Strafe war. Ansonsten tippe ich auf Getue. Die trauernde alleinstehende Witwe hat sie immer dann gespielt, wenn sie Adrian und mir die Freizeit verderben wollte.«

Hauptkommissar Satzig kam nicht länger umhin zu fragen, wo sich Carmen Baumann zum Zeitpunkt des Mordes aufgehalten hatte.

»Verdächtigen Sie mich etwa?«, reagierte sie verärgert. »Ist das der Dank für meine Aufrichtigkeit?« Sofort besann sie sich und sah entschuldigend zum Kreuz. Ihr Ton wurde wieder freundlich, als sie antwortete. »Ich habe gebetet, hier«, sie deutete zu der Gebetsbank und ergänzte: »Ich war alleine.«

»Wäre es denn möglich, dass wir eine Speichelprobe entnehmen könnten, das würde uns beim Ausschluss helfen«, hakte Satzig nach.

»Ich werde das mit einem Anwalt besprechen«, erhielten sie daraufhin jedoch eine unerwartete Antwort.

Sie musste die Irritation der Beamten bemerkt haben, denn erklärend fügte sie an: »Ich bin von einem geschäftstüchtigen Vater groß gezogen worden.

Vermutlich sieht er vom Himmel aus auf mich herab und schüttelte den Kopf, weil ich bereit war, ohne Rechtsbeistand mit Ihnen zu sprechen. Dennoch bin ich keineswegs naiv. Ich habe ein abgeschlossenes Studium der Wirtschaftswissenschaften und die Juristerei ist mir nicht völlig fremd. Ich habe mich Ihnen gegenüber ungemein großzügig gezeigt, aber wenn Sie mich verdächtigen, dann werde ich mir Beistand holen.«

»Ich denke, Ihr Gott ist stets und überall?«, konnte sich Kolb eine ironische Bemerkung nicht verkneifen.

»Das ist er und jetzt gerade rät er mir zu einem klärenden Gespräch mit einem Anwalt.« Sie nickte huldvoll und meinte: »Sie haben sicher noch weitere Verhöre zu führen«, und stand auf.

»Bitte sprechen Sie mit Ihrem Anwalt«, erwiderte Satzig höflich und erhob sich ebenfalls. Seine Visitenkarte legte er dabei auf den Tisch. »Darf ich noch eine letzte Frage stellen?«

Sie hob die Augenbrauen, was so viel bedeutete wie: Das kommt auf die Frage an.

Satzig deutete das als ein Ja und formulierte sein Anliegen. »Wer von Ihnen beiden hat die Scheidung gefordert?«

»Das war ich«, gab sie direkt zu. »Und zu Ihrer Information, es gab keinerlei Hickhack. Wir hatten einen Ehevertrag, eine Bedingung meines Vaters. Ich bin eine vermögende Frau und mein Papa wollte, dass das auch und vor allem nach seinem Tod so bleibt. Ich habe Adrian sein Häuschen und die Praxis finanziert, als wir verheiratet waren, und nichts davon wieder zurückgefordert, im Gegenzug hat er sich anständig verhalten. Wenn wir uns zufällig irgendwo sehen, dann grüßen wir einander. Wir sind als Freunde auseinandergegangen und warum sollte jemand die Mutter eines Freundes töten?«

Carmen Baumann öffnete ihnen die Tür und verabschiedete sich knapp.

»Womöglich tötet jemand die Mutter eines Freundes, um ihn von ihr zu befreien«, antwortete Kolb im Aufzug auf die gestellte Frage von Carmen Baumann.

Satzig verzog angestrengt das Gesicht, brummte: »Womöglich etwas weit hergeholt.«

»Weit hergeholt?«, meckerte sein Kollege. »Die Gute hat Gott für sich entdeckt und richtet sich gerade eine Kathedrale in ihrem Wohnzimmer ein. Außerdem glaubt sie, dass sie immer noch verheiratet ist, gleichzeitig schwimmt sie im Geld, was heißt, sie hat ausreichend Zeit, sich irgendwelchen Quatsch auszudenken. Abgesehen davon halte ich sie für unglaubhaft. Die ist noch weit davon entfernt, anderen zu vergeben, mal abgesehen davon, dass das den meisten Menschen sowieso nie gelingt.«

»Ich denke, wir vergeben jeden Tag irgendwem irgendwas.«

»Tatsächlich?«, fragte Kolb ungewöhnlich gereizt.

»Oder ist es nicht vielmehr so, dass wir so tun als ob und dann, wenn es zum nächsten Streit kommt, dann holen wir den großen Ordner raus, auf dem steht: alte Verfehlungen und kauen all die angeblich vergebenen Dinge nochmals durch.«

Satzig lachte auf. »Da hat aber jemand vor kurzem ordentlich auf den Deckel bekommen«, bemerkte er und sah Kolb neugierig an.

Sie hatten das Erdgeschoss erreicht, winkten in Richtung Empfangsdame und gingen wieder auf die Straße.

»Corinna hat mir bei unserer Trennung Dinge vorgeworfen, die ich schon längst vergessen hatte. Ehrlich gesagt, habe ich sogar angezweifelt, dass das meine Verfehlungen und nicht die meines Vorgängers waren. Daraufhin ist sie natürlich noch wütender geworden.«

»Verstehe«, warf Satzig mit gespieltem Mitgefühl ein.

»Jedenfalls«, fuhr der Oberkommissar ruppig fort, »halte ich es für durchaus denkbar, dass Carmen Baumann ihre guten Vorsätze und die neutestamentarische Opferbereitschaft vergessen hat und der Auge-um-Auge-Politik der alten Bibelverse gefolgt ist, um ihre Schwiegermutter zu töten.«

»Kein Alibi, dafür ein Motiv und womöglich ein religiöser Wahn, das würde vielleicht das Ritual mit dem Klebeband erklären«, zeigte sich der Hauptkommissar an Kolbs Theorie interessiert.

»Sie plant, ihre Ehe zu erneuern, da wäre ihr Pia Baumann im Weg gestanden. Sie ist clever und vermögend, denkbar, dass sie schon lange an ihrem Plan tüftelt. Aber für einen Haftbefehl reicht das noch nicht. Allerdings wird es immer wahrscheinlicher, dass der Mord an Pia Baumann kein Zufall war, sondern aus sehr persönlichen Gründen begangen wurde.«

13

Am Nachmittag klarte es auf und die Arbeiter fanden sich wieder auf der Baustelle ein. Bert Karusel, der fünfundzwanzigjährige Baggerfahrer, begrüßte seine Kollegen wie gewöhnlich mit ein paar frechen Sprüchen und neckte einen der Maurer, indem er ihm vorschlug: »Du brauchst doch sicher eine neue Inneneinrichtung. An der Bushaltestelle steht ein 1A-Klapptisch, der ist so scheiße, dass er bis jetzt noch nicht geklaut wurde. Aber für dein Wohnzimmer ist der perfekt!«

»Haha, sehr witzig«, erwiderte der entsprechende Kollege und winkte ab.

Berts Sprüche kamen meistens nicht besonders gut an. Die Älteren nahmen ihn nicht ernst und die Jüngeren hielten ihn für einen Sprücheklopfer und Angeber.

Daran störte sich der Fünfundzwanzigjährige

allerdings nicht, sondern machte weiterhin Faxen und salutierte wie ein Soldat, als ihm der Vorarbeiter eine Anweisung gab.

Gut gelaunt schwang er sich anschließend auf seinen Bagger und begann, den Erdhaufen abzutragen und am anderen Ende der Baustelle wieder aufzuschichten. Man konnte über Bert sagen, was man wollte, aber seinen Job verstand er. Überhaupt war er ein guter Fahrer, hatte auch einen LKW-Führerschein und gab fast sein ganzes Geld für Autos aus. Leider hatte er ein Faible für hohe Geschwindigkeiten, was ihm des Öfteren schon Ärger eingebracht hatte. Auch auf der Baustelle fuhr er gelegentlich schneller als nötig und da heute nicht die volle Mannschaft anwesend war – das Wetter hatte den meisten einen freien Tag verschafft –, hatte er keine Scheu, ausladende Runden über das matschige Gelände zu drehen.

Als er dann spürte, dass er ein Hindernis überfahren hatte, war er zunächst nicht beunruhigt. Schließlich lagen überall Bretter und Rohre herum. Nachdem er dann jedoch erneut an der Stelle vorbeikam, wurde er stutzig. Zunächst war es die Verfärbung des Bodens, die ihn abbremsen ließ. Ihm war nicht bekannt, dass irgendwer bereits mit Farbe arbeitete, noch dazu mit roter Farbe. Um nicht als unwissend dazustehen, das wäre ihm peinlich gewesen, wandte er sich nicht an einen Kollegen, sondern fuhr erneut einen Bogen.

Schließlich blieb ihm keine Wahl, als anzuhalten

und abzusteigen, um mehr zu erfahren. Ein mulmiges Gefühl machte sich bei ihm breit. Irgendwie hoffte er, im Schlamm illegal entsorgten Sperrmüll zu finden, befürchtete allerdings, dass es sich um etwas handelte, das irgendwann einmal lebendig gewesen war. Womöglich ein großer Hund. Auch wenn Bert Karusel nicht sonderlich viel für Tiere übrig hatte, wollte er dennoch nicht derjenige sein, der die Schuld an deren Tod trug.

In Gedanken überlegte er bereits, wo auf der Baustelle er einen möglichen Tierkadaver unauffällig entsorgen konnte und stapfte entschlossen über den matschigen Boden. Der war nicht zuletzt durch Berts unnötige Pirouetten mit dem Bagger völlig aufgeweicht und gab bei jedem Schritt, den der Arbeiter tat, ein schmatzendes Geräusch von sich.

Als der junge Mann dann jedoch sein Ziel erreichte, konnte er nicht verhindern, dass sich ihm der Magen umdrehte. Er übergab sich und die Reste der dicken Scheibe Presskopf, die er vor Schichtbeginn gegessen hatte, spritzten dabei auf seine Stiefel.

Die Kollegen wurden bereits aufmerksam, und als sich ihm zwei näherten, konnten die gerade noch verhindern, dass er, nachdem alle Farbe aus seinem Gesicht gewichen war, im Matsch landete, während er ohnmächtig wurde.

»Der Karusel ist normalerweise ein richtiger *Rotzküwwel*«, erklärte der Vorarbeiter den Beamten, als die schließlich am Tatort eintrafen. »Da sieht man mal wieder, wenn es hart auf hart kommt! Da wird er zukünftig zurückhaltender sein.«

Der Ausdruck *Rotzküwwel* sollte bedeuten, dass besagter Baggerfahrer ein freches Mundwerk hatte. Momentan wirkte er auf Hauptkommissar Satzig allerdings eher wie das sprichwörtliche Häufchen Elend, so wie er in sich zusammengesunken bleich auf einer umgedrehten Kiste saß und mit zittrigen Händen eine Flasche Wasser umklammerte.

Viel konnte er leider nicht zur Aufklärung beitragen, im Prinzip hatte er die sogar durch das Aufwühlen des Bodens erheblich erschwert.

Der Gerichtsmediziner rief die Beamten zu sich. Der Arzt trug hohe Gummistiefel und sah mitleidig auf die Turnschuhe von Hauptkommissar Satzig und die ledernen Slipper von Norbert Kolb, unterließ aber einen Kommentar.

»Kein Wunder, dass dem jungen Mann schlecht wurde«, bemerkte Letzterer und atmete tief durch.

»Der Frau wurde der Kopf gespalten«, fasste Satzig in Worte, was sie alle so sehr schockierte.

Neben den Verletzungen des Körpers zeugten die auseinander klaffenden Schädelhälften von extremer Gewalt. Man sah rohes Fleisch, das in Fetzen davon hing. Wie bei einem aufklappbaren Modell, das als Querschnitt des menschlichen Schädels dienen sollte, erkannte man Muskeln, Sehnen und Knochen, aber keine Gesichtszüge mehr, dafür blutgetränkte Reste des Klebebands.

Selbst der erfahrene Gerichtsmediziner gab zu: »Das macht einen fassungslos.« Er sammelte sich und begann mit seinem Bericht: »Dass sie von dem Bagger überrollt wurde, hat zu zahlreichen Knochenbrüchen geführt. Ich gehe aber davon aus, dass sie zu diesem Zeitpunkt bereits mehrere Stunden tot war. Ich denke, sie starb am Morgen, zwischen 7.30 Uhr und etwa 11.00 Uhr.«

»Könnte die Tatwaffe wieder ein Beil sein?«, fragte Satzig nach.

»Den Schnitten nach zu urteilen, würde ich das annehmen. Nach der Autopsie und den Laboruntersuchungen werde ich das sicher genauer sagen können, auch ob es die gleiche Tatwaffe wie bei der Leiche vom Friedhof war.«

»Ist es eigentlich schwierig, diese Art von Verletzungen einem erwachsenen Menschen zuzufügen? Genauer gesagt, bräuchte man dafür viel Kraft?«, hakte der Hauptkommissar nach.

»Tut mir leid, das sagen zu müssen. Ich weiß, dass es hilfreich wäre, wenn ich jemanden ausschließen könnte, aber das ist nicht der Fall. Werkzeuge wie eine Axt oder ein Beil dienen der Verlängerung des Armes und, mit der richtigen Technik benutzt, kosten die Arbeiten, die damit ausgeführt werden, nicht allzu viel Kraft. Und selbst jemand, der ungeübt ist und wenig muskulös, kann einen anderen damit angreifen und töten. Also nein, ich kann eine Frau als Täter nicht ausschließen. Bedenken Sie auch die Fähigkeit des Menschen, in Ausnahmesituationen über sich hinauszuwachsen. Das gilt sowohl für den berühmten Retter in der Not, der edle Motive hat, als auch für einen blutrünstigen Mörder. Wut und Hass sind eine starke Antriebsfeder.«

»Wer das getan hat, scheint jedenfalls voller Wut gewesen zu sein«, warf Kolb ein.

»Wir müssen sie schnellstmöglich identifizieren«, wandte sich Satzig erneut an den Mediziner.

»Ich werde mich sofort darum kümmern. Laut dem Ausweis, den wir bei ihr gefunden haben, handelt es sich um eine gewisse *Hannah Ohlendorf*, siebenundzwanzig Jahre alt. Sie hatte eine Tüte mit Prospekten bei sich.«

»Hat sie Zeitungen ausgetragen?«, wollte Kolb wissen.

»Ich denke nicht, zumindest keine Tageszeitungen, seht es euch selbst an.« Damit bat er seinen Assistenten, den Kollegen die archivierten Beweismittel zu zeigen.

Satzig runzelte die Stirn. Offenbar gehörte sie zu einer Religionsgemeinschaft, für die sie Mitglieder angeworben hat. Er wandte sich an Kolb. »Ob das ein Zufall ist? Zuerst ein Mord auf einem Friedhof, jetzt ein Opfer, das sich als Missionarin verstand, womöglich haben die Taten einen religiösen Hintergrund.«

»Was bedeutet, dass die Frauen selbst keine Rolle spielen, sondern vielmehr der Ort, an dem sie sich befanden, oder ihr Glaube. Pia Baumann wurde getötet, weil sie sich gerade auf einem Friedhof aufgehalten hat, und das jüngste Opfer wegen seiner Zugehörigkeit zu einer religiösen Gruppe. Das macht es nicht gerade einfacher.«

»Ich würde ein persönliches Motiv weiterhin nicht ausschließen«, widersprach Satzig nachdenklich, »was, wenn ein Feind von Opfer Nummer eins gerade sehr frenetisch den eigenen Glauben auslebt und womöglich wenig Toleranz gegenüber anders Orientierten besitzt.«

»Carmen Baumann?«, reagierte der Oberkommissar sofort.

»Sie war heute draußen, vom Aufzug zu ihrer Wohnung haben wir die dreckigen Stiefelabdrücke gesehen, die könnten von hier stammen.«

»Oder von einem Briefträger, Paketboten, Handwerker oder sonst wem, der zu ihr wollte. Abgesehen davon wird sie die längst beseitigt haben, wenn sie schuldig ist.«

»Wir müssen das Alibi der Frau für den Mord abklären«, entgegnete Satzig ungeduldig, »und ich möchte mit einem Richter sprechen. Wenn sie uns ihre

DNA nicht freiwillig gibt, dann brauchen wir einen Beschluss.«

* * *

Viola kam durchnässt nach Hause. Ihre dreckigen Schuhe streifte sie vor der Tür ab und während sie die Wohnung betrat, zog sie bereits ihren Pullover aus.

»Nico, ich bin wieder da«, rief sie dabei und marschierte Richtung Bad, »ich muss duschen.« Da sie keine Antwort erhielt, wurde sie stutzig. Nico musste zu Hause sein, sie waren verabredet. Kurz beschlich sie die Angst, dass Nico sie versetzt oder schlimmer noch vergessen hätte, dass sie ihm gleichgültig wurde. Aber dann hörte sie erleichtert ein Geräusch aus dem Schlafzimmer. Um sich zu vergewissern, betrat sie den Raum, blieb aber sofort wie angewurzelt stehen, als ihr klar wurde, was Nico in Händen hielt.

Er blickte auf, halb anklagend, halb mitleidig. »Es hat wieder angefangen oder?«

Viola wollte tapfer sein, nicht weinen. Verzweifelt suchte sie nach einer Ausrede, aber die hätte keinen Sinn gemacht. Nico wusste bereits Bescheid. Die venezianische Maske hielt er in Händen, neben ihm auf dem Bett lag die Korsage, die Reizwäsche und die Euroscheine, die sie verdient hatte.

»Warum hast du nicht mit mir darüber gesprochen?«, fragte er traurig.

Viola wünschte sich, er würde sie anschreien, brüllen, sie beschimpfen, alles wäre besser als Mitleid.

»Es war ein einziges Mal«, ersparte sie sich eine Ausflucht.

»Du musst mit deinem Arzt sprechen, ich mache dir sofort einen Termin.«

»Nein«, wehrte sie sich vehement, »ich werde nichts dergleichen tun. Da gibt es nichts zu besprechen.«

Nico stand langsam auf, legte die Maske beiseite und trat auf sie zu. Zärtlich legte er seine Hände auf ihre Oberarme, bat sie, ihn anzusehen. »Liebling, du musst mit dem Arzt sprechen, er wird dir helfen.«

»Der nervt mich, quatscht immer das gleiche Zeug.«

»Dann soll er dir wieder die Tabletten verschreiben, die haben dir doch das letzte Mal auch geholfen.«

»Ich war die Hälfte der Zeit nicht ansprechbar, außerdem hatte ich dauernd Schwindelgefühle, das war keine Hilfe«, blieb Viola uneinsichtig.

»Sie haben aber auch verhindert, dass du dir das antust.«

»Was tue ich mir denn an?«, wurde sie ungeduldig und riss sich von ihm los.

»Müssen wir diese Diskussion wirklich führen?«, fragte Nico müde.

»Wenn es dir zu viel ist, dann lass es doch einfach. Es ist mein Leben, ich mache damit, was ich will. Und wenn es mir danach ist, einem Wildfremden den Schwanz zu lutschen, dann kann ich das tun.«

»Du tust das nicht, weil es dir Spaß macht«, warf Nico ein, bemüht sie zur Vernunft zu bringen.

»Woher willst du das wissen?«, schnauzte sie.

»Viola, hör auf, wir wissen, dass du, wenn du unter Stress stehst, das Bedürfnis hast, dich zu verletzen.«

»Ich habe keine einzige Wunde«, sie streckte ihm ihre Arme entgegen. »Ich ritze nicht.«

»Nein«, erwiderte Nico ruhig, »die zerschneidest nicht deine Haut, sondern deine *Seele*. Ich will doch nur, dass du dir das nicht antust. Es gibt keinen Grund, diese Demütigung zu suchen, und das weißt du auch. Du hast nichts getan, das das rechtfertigen würde.«

»Genau das ist es doch, ich habe nichts getan oder das Falsche. Jetzt ist die Baumann tot.«

»Aber das ist doch perfekt, das ist doch das, was du dir immer gewünscht hast«, redete er ihr gut zu.

»Und warum fühle ich dann so eine gewaltige Leere in mir?«

»Auch das ist normal, dein ganzes Leben lang hast du dir nur den Tod der Alten gewünscht. Jetzt musst du erst einmal zur Ruhe kommen und ein neues Ziel finden. Etwas Positives, etwas für dich, für uns.«

»Ich dachte, ihr Tod würde es beenden, aber wenn keiner erfährt, was sie getan hat, wenn es keine Protokolle gibt, keine Akten, keine öffentliche Verhandlung, dann ist es so, als hätten wir sie vergessen.«

»Das haben wir nicht und das werden wir nicht«, besänftigte sie Nico.

»Ich will, dass alle erfahren, was Pia Baumann getan hat, erst dann werde ich meinen Frieden finden.«

»Und wenn das nicht möglich ist? Willst du dann ewig so weitermachen?«

Sie gab ihm keine Antwort.

»Sprich mit dem Arzt, wenn nicht um deinetwillen, dann wenigstens mir zuliebe. Du weißt, dass ich nie etwas von dir verlange, aber ich weigere mich, zuzusehen, wie du dich systematisch selbst zerstörst.«

Eigentlich hatte er mit einem weiteren Wutanfall seiner Freundin gerechnet, aber dieses Mal blieb sie still, setzte sich auf die Bettkante und griff nach der Maske. Während sie die in ihren Fingern knetete, begann sie zu erzählen: »Es waren drei. Mit dem Ersten habe ich nicht geschlafen, der Zweite, ein Familienvater, der wollte, dass ich ihn an meinen Brüsten saugen lasse, er hat mich dabei mit der Hand ununterbrochen …«

»Viola hör auf damit, ich will das nicht wissen.«

»Warum? Verabscheust du mich dafür?«

»Nein, ich liebe dich, egal was auch immer du tust. Aber ich will mir nicht vorstellen, dass du mit anderen Männern zusammen bist, das schmerzt mich.«

»Du weißt, dass sie mir nichts bedeuten.«

»Erik bedeutet dir etwas«, gab er zurück und bereute seinen Einwand sofort, denn vermutlich würde der nun zu einem Streit führen.

»Echt jetzt? Du ziehst Erik da mit hinein?«, reagierte sie augenblicklich gereizt, »du wirfst mir Erik vor. Das haben wir doch schon seit langem geklärt. Ich werde mich nicht zwischen euch entscheiden. So haben wir uns das geschworen.«

»Das war vor sechsunddreißig Jahren und wir waren damals Teenager.«

»Für mich hat sich nichts geändert, ihr seid meine Familie, alle beide.«

»Erik wird nicht an deiner Seite sein, wenn du Hilfe brauchst.«

»Er hat bereits genug für mich getan«, gab sie uneinsichtig zurück.

»Aber wird er auch an deinem Bett sitzen, wenn du krank und alt bist, wenn du gefüttert werden musst, wenn du eine Bettpfanne brauchst?«

»Was redest du denn da?«, fauchte sie außer sich. »Denkst du, du machst es mir leichter, wenn du mich an mein Alter erinnerst. Abgesehen davon bin ich noch meilenweit davon entfernt, ein Pflegefall zu werden.«

»Aber wenn doch, wird er dann für dich da sein?«

»Ich weiß es nicht, aber das ist mir auch egal. Ich würde sowieso nicht wollen, dass er mich so sieht.«

»Ich würde bis zum Schluss an deiner Seite stehen«, konnte Nico nicht mehr an sich halten. »Ich würde dich nie verlassen, dich sofort heiraten und mich bis zum Ende meiner Tage um dich kümmern, aber das ist dir ja nicht genug.«

»Wenn es dir nicht passt, dann kannst du ja gehen«, gab sie kalt zurück.

Nico hatte diese hartherzige Aufforderung schon öfter gehört, aber dieses Mal reagierte er anders als gewöhnlich. Während er sonst stets einlenkte und um Verzeihung bat, antwortete er völlig ruhig: »Vielleicht sollte ich das wirklich tun.«

Die Panik, die sofort in Viola aufkam, ließ sie erschaudern. Die Vorstellung, ein Leben ohne Nico zu führen, fügte ihr beinahe körperliche Qualen zu. Sie begann zu zittern, stotterte: »Ich … Nein, es tut mir leid, ich habe das nicht so gemeint.« Sie konnte die Tränen nicht länger zurückhalten.

Sofort eilte er zu ihr, entschuldigte sich wortreich und schloss sie in die Arme.

»Du darfst mich nicht verlassen«, schluchzte sie an seine Schulter gelehnt und begann, seinen Hals zu küssen.

Obwohl Nico wusste, dass sie nun gleich Sex haben würden und er für gewöhnlich gar nicht schnell genug mit Viola ins Bett konnte, schob er sie sanft von sich.

»Du musst mir versprechen, den Arzt zu konsultieren.«

Sie küsste ihn weiter und hauchte: »Das wird nicht nötig sein, ich bin bereits geläutert. Ich war in der Gallusanlage. Du weißt schon, der Park, wo früher das Tor stand, das zum Galgen führte. Ich war heute dort, bereit für meine Sünden mit dem Strick zu bezahlen.«

»Viola, das ist nicht witzig«, reagierte er ungeduldig auf ihre Geschichte.

»Also schön, ich werde mit meinem Psychodoktor sprechen, aber jetzt möchte ich mich auf uns konzentrieren.«

Wie gewöhnlich konnte er ihr am Ende nicht widerstehen und ebenfalls wie gewöhnlich brachte er ihr nach dem Sex ein Glas Wein und versuchte, glücklich darüber, Viola so nahe zu sein, eine Lösung für ihre Probleme zu finden.

»Du glaubst also wirklich, du würdest dich besser fühlen, wenn die Öffentlichkeit von damals erfahren würde?«

»Ja«, antwortete sie sofort. »Aber es müsste auch unumstößlich sein. Wenn wir keine Beweise haben, die das untermauern, wird man behaupten, dass ich Gerüchte verbreite und mich weiterhin nicht ernst nehmen.«

Sie trank einen großen Schluck und Nico sagte bedauernd: »Ich dachte wirklich, dass dir ihr Tod genügt.«

»Das dachte ich auch, aber da haben wir uns wohl beide geirrt.«

14

Am nächsten Tag

Die letzten 24 Stunden hatten die Beamten auf Trab gehalten. Zunächst hatte sie der Gerichtsmediziner damit überrascht, dass bei der toten Hannah Ohlendorf sowohl das Blut von Pia Baumann gefunden wurde als auch wieder das der unbekannten Person.

Außerdem hatte ihnen Carmen Baumann schließlich doch eine DNA-Probe zur Verfügung gestellt, Gleiches galt für den Besitzer der Tierpension Gerd Nilson. Nun mussten sie auf die Ergebnisse warten.

»Gleichgültig, was dabei herauskommt, sie scheiden dennoch nicht als Täter aus«, griff Kolb das Argument seines Kollegen auf, als sie am nächsten Morgen in ihrem Büro saßen. »Wenn es einer der beiden war, dann hatte er entweder die Nerven oder die Selbstsicherheit anzunehmen, dass er bei seinen Opfern keine Spuren hinterlassen hat. Falls das Blut also nicht vom Täter stammt, gibt es ein weiteres Opfer, das wir noch nicht gefunden haben.«

»So sieht es aus«, brummte Satzig, der schlecht gelaunt über den Protokollen saß.

Er dachte an die Begegnung mit Hannah Ohlendorfs Eltern. Der Schock über den Tod der geliebten Tochter hatte eine Befragung zunächst schwierig gemacht. Dennoch waren beide bereit gewesen, mit der Polizei zu sprechen.

»Dahinter steckt diese Sekte, Sie müssen die aus dem Verkehr ziehen. Die haben unsere Tochter auf dem Gewissen. Völlig verändert war das Mädchen, nicht mehr sie selbst. Hat sich von uns abgewandt, das war deren Schuld.«

Außerdem erinnerte sich Satzig mit ungutem Gefühl an das Gespräch mit der Vorsitzenden der Glaubensgemeinschaft, der Hannah angehört hatte. Es war anschließend gefolgt.

»Willkommen«, hatte sie ein Mann in wallenden Gewändern empfangen. »Was kann ich für euch tun?«, hatte er freundlich gefragt und Oberkommissar Kolb durch sein Getue ein Grinsen entlockt.

»Polizei«, war Satzig hingegen ernst geblieben und hatte gebeten, ihm den Verantwortlichen zu holen.

Das wallende Gewand schwebte davon und Kolb flüsterte: »Erinnert mich irgendwie an die Kulisse für einen Science-Fiction-Film. Andererseits«, er blickte zur Decke, »hat dieses Gebäude etwas von einer Kathedrale, zumindest, was die Höhe angeht.«

Satzig konnte dem kaum widersprechen. Die Halle, in der sie sich befanden, hatte einen gekachelten Fußboden. Absoluter Blickfang war ein eindrucksvoller Springbrunnen. Das Wasser plätscherte über Steinfiguren in ein rechteckiges Becken, das die Ausmaße eines kleinen Pools hatte.

»Das finde ich als Kriminalbeamter etwas befremdlich«, flüsterte Kolb seinem Kollegen zu und deutete auf die Brunnenfiguren.

Satzig verstand, was der Oberkommissar meinte. Die Mitte bildete eine männliche Statue, die gerade dabei war, einer anderen Person, vermutlich ein Jüngling, die Kehle mit einem Messer zu durchtrennen. Im Hintergrund blickte ein Engel mit ernstem Gesicht auf die beiden. Satzig war kein Kirchgänger und nicht sonderlich bewandert, was solche Dinge anging, dennoch hatte er noch Erinnerungen an seine Schulzeit und sagte zu Kolb: »Mir scheint, das ist die Szene, in der Gott von Abraham verlangt, den eigenen Sohn zu töten.«

»Ausgezeichnet, das haben Sie richtig erkannt«, sagte plötzlich jemand hinter ihnen. Der Hauptkommissar drehte sich um und sah in das

Gesicht einer Frau. Er schätzte sie auf Anfang vierzig, obwohl sie vermutlich älter war. Ihre faltenfreie Stirn- und Augenpartie wirkte nämlich etwas unnatürlich, zudem verrieten sie ihre leicht runzligen Hände, die sie vor dem Bauch wie zum Gebet gefaltet hatte. Daher nahm Satzig an, dass sich sein Gegenüber einer Botox-Behandlung unterzogen hatte. Dennoch wirkte sie ausgesprochen attraktiv. Ihre Kleidung war ebenfalls wallend, aber nicht weiß, sondern von tiefem Lila.

»Ich bin Aurora«, stellte sie sich vor, »und was Sie hier sehen, ist einer der urzeitlichsten Konflikte der Menschheit. Die Vater-Sohn- oder allgemein gesprochen die Eltern-Kind-Beziehung.«

»Wenn ich mich recht erinnere, ging es doch in dieser biblischen Szene darum, den Glauben des Mannes auf die Probe zu stellen. Womöglich kam es danach zwischen Vater und Sohn zu einem Konflikt, was ja nun auch nicht verwunderlich wäre, wenn der von seinem Erzeuger mit einem Messer bedroht wird. Das heißt aber keinesfalls, dass das Verhältnis der beiden bereits davor gestört gewesen war«, widersprach Satzig.

Sie lächelte und sah dabei bezaubernd aus. Verständnisvoll erwiderte sie: »Glauben Sie mir, dieser Konflikt existiert, seit es die Menschheit gibt, ich erlebe das jeden Tag. Wir alle leiden unter dem, was uns unsere Eltern angetan haben.«

»Meine Eltern sind die besten Eltern, die man sich vorstellen kann, und ich denke, viele Menschen haben ein ausgezeichnetes Verhältnis zu ihren Eltern«, warf Kolb unbedacht ein.

»Wirklich?«, fragte sie sanft und hauchte, »umso besser.« Obwohl sie Kolb damit zugestand, recht zu haben, war klar, dass sie eine absolut gegensätzliche Meinung hatte. Dennoch ging sie nicht weiter darauf ein, sondern fragte höflich: »Sie wollten mich sprechen?«

»Es geht um Hannah Ohlendorf«, klärte Satzig sein Gegenüber auf.

»Wir sind eine große Gemeinde«, wich Aurora zunächst aus.

»Sie ist tot, man hat sie ermordet«, wurde der Hauptkommissar deutlicher.

Diese Nachricht ließ Aurora die Augen schließen. Man konnte sehen, dass sie einen feinen, glitzernden Lidschatten trug, der ihrem Gesicht etwas Strahlendes gab.

Sie bewegte die Lippen, flüsterte ein Gebet, das die Beamten nicht verstanden.

»Wie traurig«, sagte sie schließlich, »und doch war ihr Tod der unweigerliche nächste Schritt.«

»Wie dürfen wir das verstehen?«, fragte Kolb misstrauisch nach.

»Ich denke, das sollten wir in meinem Büro besprechen«, antwortete sie mit gefasster Miene und bat die Beamten, ihr zu folgen.

Wie zu erwarten, hatte Aurora einen gewaltigen Raum zur eigenen Verfügung. Gleich einer Kirche hingen an den Wänden Gemälde mit biblischen Szenen. Auffallend war, dass es sich meistens um recht gewalttätige Bilder handelte. Darstellungen wie die Sintflut, mit ertrinkenden Menschen, höllische Feuersbrünste und gefolterte Märtyrer wechselten sich ab. Die Wand hinter ihrem Schreibtisch zierte eine große aufgemalte Sonne. Nachdem Aurora davor Platz genommen hatte, wirkte es, als hätte sie einen riesigen Heiligenschein um ihren Kopf.

Satzig und Kolb ließen sich auf den Sesseln vor dem Schreibtisch nieder und den Beamten entging nicht, dass sie merklich einsanken. Ein alter Trick, um seinem Gegenüber das Gefühl zu geben, kleiner und untergeordneter zu sein.

»Sie erinnern sich also doch an Hannah Ohlendorf?«, fragte der Hauptkommissar ungeduldig.

»Ich erinnere mich an alle meine Schützlinge, bin aber vorsichtig, wenn jemand hier auftaucht und Auskunft verlangt. In Ihrem Fall ist das natürlich etwas anderes.«

»War Hannah häufig unterwegs, um Prospekte zu verteilen?«, zeigte sich Satzig unbeeindruckt von ihren Schmeicheleien.

»Ich bitte Sie, wir verteilen keine Prospekte, sondern den Glauben. Wir sind Missionare.«

»Das heißt, ich finde *Sie* gewöhnlich im strömenden Regen auf der Straße, wo Sie sich von genervten Passanten beleidigen lassen, weil die keine Lust auf

Bekehrung haben?«, konnte sich der Hauptkommissar nicht verkneifen zu fragen.

Ein verzerrtes Lächeln glitt über ihren Mund. »Auch ich leiste meinen Beitrag, aber dafür gibt es viele Möglichkeiten. Und davon abgesehen«, fügte sie lässig an, »zwingen wir niemanden zur Mitarbeit. Hier kann jeder kommen und gehen, wie es ihm gefällt. Wir sind keine Sekte.«

»Sondern?«, hakte dieses Mal Kolb nach.

»Eine Gemeinschaft von Menschen, die die Nähe zu Gott sucht. Wir werden als gemeinnütziger Verein geführt, wenn Sie es genau wissen möchten.«

»Schön«, mischte sich Satzig ein, »Hannah Ohlendorf war ein Mitglied Ihres Vereins. Wie kam es dazu?«, versuchte er, sich nicht anmerken zu lassen, dass er Aurora sehr wohl für eine Sektenführerin hielt.

»Sie war einsam, gespalten, verletzt und suchte Halt. Ein typischer Fall: Hannah litt unter ihrer Familie, genauer gesagt, unter ihren Eltern.« Ihr Blick wanderte gönnerhaft zu Kolb. »Sie sehen, da sind wir wieder beim Thema.«

»Ich wäre für mehr Einzelheiten dankbar«, bat der Hauptkommissar.

»Hannah wurde von ihren Eltern auf einen Weg gelenkt, den sie eigentlich nicht hatte gehen wollen. Sie saß dort in der Falle und das hat sie unglücklich gemacht.«

»Und die Missionsarbeit tat das nicht«, stellte Satzig nüchtern fest.

»Sie hat das Wort des Herren in die Welt getragen, natürlich empfand sie das als Geschenk.«

»Ihre Eltern denken, diese Arbeit hat ihnen die Tochter entfremdet.«

»Natürlich denken die das, und natürlich stimmt es auch«, gab Aurora, ohne zu zögern, zu. »Denn darum geht es bei uns. Die Entfremdung von der alten, ursprünglichen Familie, hin zu einer neuen, einer besseren ohne Konflikte. Denn diese neue Familie sucht man sich aus, eine Wahl, die man nicht hat, wenn man geboren wird.«

»Ihre Mitglieder sind also alle mit ihren Eltern zerstritten?«, warf Kolb sarkastisch ein.

Sie lachte auf. »Ich nehme an, Sie sind sehr behütet aufgewachsen, vermutlich zu behütet, was wiederum zu einigen Schwächen führt, die Sie an sich nicht mögen. Wenn Sie das ändern wollten, dann müssten Sie Ihre Beziehung zu Mama und Papa überdenken, aber das macht Ihnen Angst. Warum? Weil am Ende immer der Bruch, die Trennung steht, ohne die wir nicht vorankommen.«

»Hannah hat also Ballast abgeworfen«, reagierte Satzig, bevor Kolb unbeherrscht antworten konnte.

»Sie hat es versucht, was natürlich nicht so einfach war. Unsere Mitglieder durchleben verschiedene Phasen, bis sie vollständig in die Gemeinschaft aufgenommen werden.«

»Können Sie sich vorstellen, wer den Tod von

Hannah wollte?«, fragte der Hauptkommissar und starrte sein Gegenüber durchdringend an.

»Ja, sicher«, entgegnete Aurora prompt.

Verblüfft forderte der Beamte nähere Informationen.

»Gott hat ihren Tod gewollt, sonst wäre das ja nicht geschehen. Alles, was geschieht, ist Gottes Wille.«

»Glauben Sie mir«, wurde Satzig nun etwas ungeduldig. »Das, was man dieser jungen Frau angetan hat, war gewiss nicht Gottes Wille.«

Sie setzte zu einer Erwiderung an, versagte sich die dann jedoch, sondern erklärte: »Es schmerzt, wenn jemand geht, aber das Wissen, dass er uns lediglich voraus ist, bleibt ein Trost. Wie ich gesagt habe, das Sterben ist nach dem Leben der unweigerliche nächste Schritt. Das muss man akzeptieren.«

»Mag sein, dennoch werden wir die Tat nicht akzeptieren, sondern herausfinden, wer dafür verantwortlich ist. Wenn Sie uns also sagen könnten, ob Hannah mit jemandem Streit hatte, es Feinde gab, außerhalb oder innerhalb Ihrer Gemeinschaft, dann würde uns das helfen.«

»In unserer Gemeinschaft gibt es nur Brüder und Schwestern«, erwiderte sie sanft.

»Wie viele Mitglieder haben Sie denn?«

»Bislang zweihundert«, gab sie offen zu.

»Zweihundert«, griff Kolb die Zahl auf, »das ist eine riesengroße Familie, mit der man diese urzeitlichen Konflikte dann austragen kann, genauer gesagt einhundertneunundneunzig mögliche Feinde für Hannah Ohlendorf.«

»Sie sind ein schwieriger Kandidat«, blieb Aurora gelassen, »Brüder und Schwestern sind nicht das Problem, denn die stehen alle auf einer Stufe. Unsere Probleme kommen von der nächsthöheren Instanz, also Vater und Mutter, gelegentlich auch den Großeltern. Und wenn Sie mich nach Feinden fragen, dann verweise ich wieder auf Hannahs Elternhaus. Bei uns suchen Sie an der falschen Stelle.«

»Kennen Sie eine Pia Baumann?«

»Oh«, reagierte Aurora ein wenig erschreckt. »Hannah ist das Gleiche passiert wie der Frau auf dem Friedhof?«, sie sah nachdenklich zu einem der Gemälde, bevor sie fortfuhr: »Ich habe die Nachrichten gehört, man hat ihr das Gesicht zugeklebt.«

»Manche Details sind heutzutage leider nicht aus der Öffentlichkeit fernzuhalten«, bedauerte der Hauptkommissar.

»Ist besser so«, antwortete sie angriffslustig. »Geheimnisse sind der Anfang von allem Übel.«

»Vielleicht können Sie mir helfen, eines zu lösen«, folgte Satzig seinem Bauchgefühl und fragte sehr direkt: »Warum würde Ihrer Meinung nach jemand einem Menschen, den er tötet, das Gesicht verhüllen?«

»Weil er das, was er darin sieht, verabscheut.« Sie stieß theatralisch die Luft aus. »Ich denke, der Täter könnte eine Frau sein. Wissen Sie, ich hatte hier schon viele Gespräche mit unglücklichen Menschen. Bei meinen weiblichen Mitgliedern spielt das Aussehen immer eine nicht zu unterschätzende Rolle. Töchter möchten nicht so aussehen wie ihre Mütter, dafür aber wie ihre bewunderte Freundin. Frauen sind zudem selten mit sich zufrieden. Sie beurteilen ihre Geschlechtsgenossinnen danach, ob sie ihnen bei der eigenen Partnerwahl eine Hilfe oder ein Hindernis sind und auch da dreht sich alles um das Aussehen. Eine Frau würde das Gesicht einer anderen Frau verhüllen, um sie nicht mehr ertragen zu müssen.«

»Würden Sie so etwas tun?«, hakte Satzig harmlos nach.

»Ich?«, rief Aurora empört, »ich bitte Sie. Ich bin diejenige, die den Frauen einen Ausweg aus ihrer desaströsen Gefühlswelt zeigt. Jemand wie ich steht über diesen Dingen.«

Es war Kolb, der süffisant entgegnete: »Ach wirklich? Umso besser.«

Als die Beamten schließlich aufgestanden waren, Aurora hatte ihnen noch den Einsatzplan ausgehändigt, aus dem sie ersehen konnten, dass Hannah Ohlendorf zum Zeitpunkt ihres Todes an der Bushaltestelle neben der Baustelle, dem Fundort ihrer Leiche, eingeteilt gewesen war, fragte der Hauptkommissar: »Was hat es mit dem Namen Aurora auf sich? Ich kann vermutlich davon ausgehen, dass das nicht ihr Geburtsname ist.«

Sie lachte, es sollte fröhlich klingen, wirkte aber affektiert. »Das ist Lateinisch und bedeutet übersetzt die *Morgenröte.* Das Licht, das den neuen Tag ankündigt.«

Satzig konnte nicht umhin zu fragen: »Der neue Tag ist das neue Leben Ihrer Mitglieder, nehme ich an?«

»Gut erkannt«, lobte sie schulmeisterhaft. »Und damit Sie das richtig verstehen, ich war Hannah sehr zugetan und ich trauere um sie. Wenn ich also wüsste, wer dafür verantwortlich ist, ich würde nicht zögern, Sie zu unterrichten.«

Sarkastisch hatte Satzig geantwortet: »Das wissen wir sehr zu schätzen.«

Im Auto war Kolb deutlich geworden: »Der traue ich alles zu. Ich nehme an, diese Morgenröte-Tante lebt von den Beiträgen ihrer Mitglieder wie die Made im Speck.«

* * *

Mittlerweile hatten sie Erkundigungen über den Verein von Aurora eingezogen, die genau das bestätigten.

Kolb fand außerdem noch einen interessanten Eintrag in den Datenbanken. »Sieh einer an«, sagte er deshalb zu seinem Kollegen. »Im wahren Leben heißt Aurora *Margot Kühn* und hat eine Verurteilung wegen Betrug und Heiratsschwindel.«

»Das passt«, erwiderte Satzig nicht überrascht. »Sie ist sicher sehr begabt darin, Menschen zu manipulieren, und sie lügt, ohne mit der Wimper zu zucken. Von wegen, über den Dingen stehen. Deren Gesicht ist nicht so glatt, weil sie sich keine Gedanken um das eigene Aussehen macht. Ich nehme sogar an, dass sie durchaus häufig einen Blick in den Spiegel wirft und ihr das Altern nicht gefällt.« Er stieß geräuschvoll die Luft aus. »Setz jemanden auf sie an. Ich möchte wissen, ob es eine Verbindung zwischen ihr und Pia Baumann gab. Da sie so vehement die Eltern-Kind-Beziehung verurteilt, wäre es nicht verwunderlich, wenn sie selbst mit dem Jugendamt Kontakt hatte, womöglich in einem Heim aufgewachsen ist.«

»Du hältst sie für unseren Täter?«

»Ich schließe sie nicht aus. Im Gegenteil, jemand wie Margot Kühn alias Aurora ist für mich eine perfekte Verdächtige. Abgesehen davon, dass ich sie für jemanden halte, der gerne seine Spielchen mit uns spielt. Immerhin hat sie uns quasi ganz nebenbei einige Motive für die Morde aufgezählt. Sicherlich hält sie sich für besonders clever und überlegen, vermutlich bereitet es ihr eine sadistische Freude, all die gestrandeten Seelen von ihren Familien zu entzweien, um dann der einzige Halt in deren Leben zu spielen. Wer nicht spurt, dem wird die Zuneigung entzogen, so schafft sie sich lauter gehorsame Anhänger.«

»Ich würde sie gerne festnehmen«, erwiderte Kolb

verärgert. »Diese Frau hat es geschafft, mit nur drei Sätzen meine ganze Kindheit schlecht zu machen. Ich kann mir gut vorstellen, dass ein verletzlicher Mensch da schnell in die Falle tappt. Ich …«

Weiter kam Kolb nicht, denn einer der Kollegen betrat das Büro und sagte aufgeregt: »Ich glaube, ich habe etwas gefunden!«

15

Carmen Baumann ging mit schnellen Schritten an der *Alten Oper* vorbei, ließ dann den *Main Tower* hinter sich und kam außer Atem in dem Café an, das sie sich für das Gespräch mit ihrem Exmann ausgesucht hatte.

Adrian war noch nicht da und so hatte sie Zeit, sich auf die Toilette zurückzuziehen und sorgfältig ihr Make-up aufzufrischen. Warum hatte sie sich nicht bis vor die Tür fahren lassen, sondern dem plötzlichen Bedürfnis nachgegeben, mehr für die eigene Fitness zu tun. Nun war sie außer Atem und verschwitzt. Allerdings hatte Adrian immer sehr auf seinen Körper geachtet und das war ja auch nicht verkehrt. Sicher würde es helfen, wenn er das Gefühl hatte, sie würde mittlerweile ähnliche Gewohnheiten haben.

»Darf ich mal!«, drängte sie eine Frau unfreundlich zur Seite, um an den Seifenspender zu gelangen.

Carmen zuckte zusammen, rief irritiert: »Was soll das denn?«

»Sie blockieren schon ewig das Waschbecken, als würde da noch etwas helfen«, schnappte die andere und spielte damit auf Carmens Schminksession an.

Plötzlich geschah etwas Eigenartiges. Normalerweise eher unsicher und zurückhaltend, streckte Carmen sich heute jedoch in die Höhe und schaute bedrohlich auf die Fremde herab. Fast wirkte es, als wollte sie zuschlagen, vermutlich wich ihr Gegenüber deshalb einen Schritt zurück.

»Sie möchten an den Seifenspender, dann fragen Sie das nächste Mal höflich. Schlechtes Benehmen kann niemand ausstehen.« Damit funkelte Carmen die Frau böse an, drehte sich auf dem Absatz um und verließ den Waschraum. Ihr Herz klopfte heftig gegen die Brust, aber das Gefühl, einen Sieg errungen zu haben, ließ sie auf einer Wolke schweben. Mit einem entspannten Lächeln näherte sie sich dem Tisch, an dem ihr Exmann bereits Platz genommen hatte.

Irrte sie sich oder sah der sie interessiert, fast schon bewundernd an?

Als Adrian schließlich sagte: »Du siehst gut aus«, war Carmen glücklich.

Sie setzte sich, fasste über den Tisch, umschloss seine Hände mit den ihren und fragte fürsorglich: »Wie geht es dir?«

Adrian ließ die Berührung zu, senkte den Kopf und seufzte: »Ehrlich gesagt, weiß ich gar nicht, was ich darauf antworten soll. Ich müsste traurig sein, am Boden zerstört. Immerhin ist meine Mutter gestorben. Aber«, nun blickte er auf und sah Carmen direkt an, als könnte er in ihrem runden Gesicht eine Erklärung für seinen Gemütszustand finden. »Aber im Moment habe ich das Gefühl, dass ich gut klarkomme.« Er schüttelte den Kopf. »Ich weiß nicht, wie ich das erklären soll. Mama war doch so lange Zeit ein Teil meines Lebens. Sicher der wichtigste Mensch, bis ich erwachsen wurde, und dennoch nehme ich ihren Tod einfach hin.«

»Was willst du denn sonst tun«, erwiderte Carmen verständnisvoll. »Wir können das ja nur hinnehmen. Glaube mir, als Papa starb, war das bei mir genau so. Das ist der Schock und der hilft, dass wir zunächst alles regeln können. Du weißt schon, die Beerdigung, die Formalitäten, aber dann, wenn das alles vorbei ist, dann wird einem erst bewusst, dass es weitergehen muss.«

»Vermutlich hast du recht«, stimmte er ihr zu und zog vorsichtig seine Hände zurück. Die Kellnerin erschien und er bestellte mit einem fragenden Blick zu Carmen zwei Kaffee und zwei Mal Frankfurter Kranz, so wie er es früher immer getan hatte. Sie nickte, freute sich darüber, dass er sich noch daran erinnerte.

Als die Bestellungen vor ihnen standen, sagte Carmen leise: »Die Polizei war bei mir, auch weil ich versucht hatte, mich mit deiner Mutter auszusprechen.«

»Dass du das wolltest, fand ich ehrlich gestanden etwas überraschend«, gab Adrian zu.

»Ich dachte, ich muss das für mein Seelenheil tun. Ich hatte mit dem Pfarrer über mein schlechtes Verhältnis zu Pia gesprochen.«

Plötzlich hielt er inne, ließ die Kuchengabel sinken und blickte sie an. »Ich habe erst jetzt begriffen, wie du unter ihr gelitten hast. Das bedauere ich aus tiefstem Herzen.«

»Es war nicht deine Schuld«, stammelte Carmen, die das plötzliche Zugeständnis total überrumpelte.

»Doch, es war meine Schuld, ich habe das nicht erkannt oder nicht erkennen wollen und meine Mutter vielleicht anders gesehen, als sie wirklich war. Allein der Umstand, dass man sie ermordet hat, sagt doch etwas über sie aus, oder? Wer weiß, vielleicht hat sie jemanden mit ihrer Art provoziert. Was, wenn sie deshalb sterben musste?«

Carmen biss sich auf die Zunge, um nicht über ihre tote Ex-Schwiegermutter herzuziehen. Sie hätte vieles dazu sagen können und nichts davon wäre für die Tote schmeichelhaft gewesen. Aber sie besann sich, wollte ein guter Christenmensch sein und an ihrer Fähigkeit zu vergeben arbeiten. Deshalb lächelte sie Adrian gutmütig an. »Ich weiß genau, was du meinst, am Ende bleibt immer die Frage nach dem Warum, wenn ein Mensch stirbt. Noch mehr bedarf es einer Antwort, wenn dem Tod ein Verbrechen vorausging. Aber egal, wie du es betrachtest, bleibt deine Mutter ein Opfer.

Entweder das eines grausamen Mörders oder das der eigenen Unzulänglichkeiten. Vielleicht hätte man sie mehr geliebt, wenn sie anders gewesen wäre.«

»Vielleicht ja«, antwortete er resigniert. »Ich dachte immer, dass ich sie liebe, aber womöglich lag das daran, dass ich dazu erzogen wurde, so zu denken.«

»Du warst ihr ein guter Sohn, Pia konnte sich über dich wirklich nicht beklagen«, munterte ihn Carmen auf. Das »immerhin hast du stets zu ihr gehalten« verkniff sie sich.

»Aber ich war ein lausiger Ehemann«, wechselte er mit einem schiefen Grinsen das Thema.

Carmen witterte ihre Chance, das war der richtige Augenblick, deshalb sagte sie unsicher: »Es ist nie zu spät, es besser zu machen.«

Anfangs verstand er nicht, lachte leise auf, dann wurde ihm klar, wie sie das meinte, und er kam ins Stottern. »Carmen«, sagte er zärtlich, »ich mag dich immer noch, du bist eine tolle Frau, aber momentan, ich ...«

»Du hast jemand anderen«, erwiderte sie prompt und konnte einen biestigen Tonfall nicht vermeiden.

»Nein«, antwortete er zunächst vehement, korrigierte sich dann jedoch und sagte: »Nicht direkt und das wäre auch nicht das Problem.«

»Ich bin das Problem«, fiel sie sofort in ihre typischen Verhaltensmuster zurück. »Ich bin alt, hässlich und übergewichtig und ich kann keine Kinder bekommen.«

»Carmen bitte«, versuchte er, sie zu beschwichtigen. »Das hat nichts mit dir zu tun«, liebevoll tätschelte er ihre Hand, die mit eisernem Griff die Kuchengabel umklammerte, als wäre das Essgerät eine tödliche Waffe.

»Lass es uns doch einfach langsam angehen«, lenkte er ein und die Tränen, die sich in Carmens Augenwinkeln gesammelt hatten, ließen sich gerade noch einmal wegblinzeln.

»Ich meine das ernst, ich kann momentan nichts Neues anfangen, ich muss erst mit dem Alten abschließen. Ich brauche einfach Zeit.«

Diese Antwort ließ sie sogar lächeln. »Vielleicht können wir uns gelegentlich sehen, ganz ohne Verpflichtung, einfach nur auf einen Kaffee und einen Frankfurter Kranz«, schlug sie vor und hoffte, ihn damit nicht zu sehr zu bedrängen.

Aber Adrian schien die Vorstellung zu gefallen, denn er lächelte und sagte. »Das würde ich sehr schön finden.«

* * *

Dienststelle der Kriminalpolizei Frankfurt

»Was hast du gefunden?«, fragte Kolb sofort nach und auch der Hauptkommissar hob neugierig den Kopf in

Richtung des jungen Mannes, der eben so forsch in ihr Büro getreten war.

»Vorneweg«, erklärte der Kollege, »es war nicht einfach, da wir gar nicht wussten, wo es sich lohnte zu suchen. Außerdem liegen die Ereignisse Jahrzehnte zurück, viele Akten existieren gar nicht mehr. Das Team hat, soweit es uns möglich war, mit Nachbarn, ehemaligen Arbeitskollegen, Bekannten des Opfers gesprochen und mit einigen pensionierten Polizeibeamten telefoniert, um etwas Brauchbares zu finden. Nur, dass ihr nicht denkt, das war mit einem einfachen Blick in unsere Datenbanken getan. Wir haben uns durch vage Erinnerungen, Gerüchte und staubige Aktenschränke gearbeitet, um euch zu Diensten zu sein.«

Satzig grinste: »Ist angekommen, ich weiß das zu schätzen, vielen Dank.«

Der andere nickte und wedelte stolz mit der zusammengestellten Mappe, bevor er mit seinem Bericht begann.

»Zunächst einmal gab es Ungereimtheiten beim Unfall des Ehemanns von Pia Baumann.«

»Sag nicht, dass das womöglich ein Mord war«, warf Kolb ungläubig ein.

»Nein, das nicht. Aber Dieter Baumann saß vor sechsundvierzig Jahren nicht allein in dem Unfallfahrzeug. Eine weitere Person starb damals, eine Frau. Genauer gesagt eine Nachbarin der Baumanns und Freundin der Ehefrau. Man hat das nicht weiter verfolgt, auch weil kein Zweifel daran bestand, dass der Wagen ohne Fremdverschulden auf der nassen Fahrbahn ins Schleudern und schließlich von der Straße abkam. Der Unfall hat sich nachts ereignet, und sowohl Pia Baumann als auch der Ehemann der anderen Frau wussten nicht, dass die beiden zusammen unterwegs waren.«

»Hm«, brummte Satzig, »und trotzdem pflegte sie seit fast fünfzig Jahren sein Grab, besuchte es, seit sie in Rente war, quasi täglich.«

»Vielleicht war das ja wirklich ganz harmlos«, spekulierte der junge Kommissar, »wie gesagt, damals war es für die Kollegen unerheblich, ob die beiden eine Affäre hatten oder nicht.«

Satzig fuhr sich mit seiner gewaltigen Pranke über das Gesicht. »Für Pia Baumann war es womöglich sehr erheblich, den Schein zu waren.«

»Du meinst, sie hat aus Stolz die trauernde Witwe gespielt?«

»Warum nicht, das ist sicher einfacher, als zu erklären, ›Ja, mein Mann ist tot, starb zusammen mit seiner Geliebten‹, vielleicht hat sie es anfangs nur getan, damit es kein Gerede gibt und in den letzten Jahren dann aber aus Einsamkeit.«

»Ich wüsste nicht, wie uns diese Information hilft«, warf Kolb ein.

Sehr zur Freude des jungen Kommissars erwiderte Satzig jedoch: »Oh, das hilft auf jeden Fall, denn es sagt uns etwas über Pia Baumann.«

»Und was?«, wollte der Oberkommissar wissen.

»Dass sie in der Lage war, ihre Gefühle zu unterdrücken, um stattdessen strategisch vorzugehen. Dass sie Dinge verbergen und vermutlich auch problemlos lügen konnte. Denkbar, dass sie nicht einmal ihrem Sohn von der anderen Frau im Unfallwagen erzählt hat.«

»Ich habe noch mehr«, meldete sich der Kollege wieder zu Wort und fuhr fort: »Es geht um das Kinderheim. Genau vor vierzig Jahren starb dort unter Pia Baumans Leitung ein kleines Mädchen. Sandra Merten im Alter von zehn Jahren. Es wurde eindeutig festgestellt, dass deren Tod die Folge eines Sturzes war. Offenbar war das Kind nachts aus dem Dachfenster geklettert, von dort auf eine Außenmauer gestiegen und gefallen.«

»Von dem Unfall hat uns Adrian Baumann erzählt«, fügte Kolb an.

»Hat er euch auch erzählt, dass die jüngere Schwester des Mädchens ebenfalls in dem Heim untergebracht gewesen war? Und dass sich der Todestag der Schwester kurz vor dem Tod von Pia Baumann wieder einmal gejährt hat?«

»Das heißt, diese zerrissene Trauerkarte, die wir im Müll gefunden haben, könnte von jener Schwester stammen«, folgerte Satzig.

»Genau«, stimmte ihm der Kollege zu. »Viola Merten wohnt in Frankfurt, ist heute achtundvierzig Jahre alt und«, sagte er triumphierend, »sie hat Pia

Baumann verklagt. Allerdings hat sie den Prozess verloren, denn es gab keine Beweise für die Anschuldigungen. Demnach hätte Pia Baumann ein besonderes Augenmerk auf Sandra Merten gehabt, sie körperlich und seelisch misshandelt. Die Beschuldigungen gingen sogar so weit, dass Viola Merten behauptet hat, Pia Baumann hätte Sandras Tod direkt oder indirekt verschuldet.«

Kolb stieß einen anerkennenden Pfiff aus und entgegnete: »Damit haben wir ein ziemlich starkes Mordmotiv.«

»Dem würde ich zustimmen«, erklärte der Kommissar. »Der Sturz der Schwester liegt vierzig Jahre zurück. Die Anklage wurde zwanzig Jahre nach dem Tod des Mädchens von Viola Merten erhoben, jedoch erfolglos. Und weitere zwanzig Jahre später erhält Pia Baumann immer noch eine Trauerkarte an Sandras Todestag – und das ist noch nicht alles …«

16

Etwas später

Als Viola Merten den Beamten die Tür öffnete, wirkte sie weder überrascht noch ängstlich. Sie schien ein gutes Gespür für Menschen zu haben, denn unaufgeregt sagte sie: »Ich nehme an, Sie sind von der Polizei.« Dabei gab sie fast schon übertrieben großzügig die Tür frei. »Bitte«, forderte sie Satzig und seinen Kollegen Kolb freundlich auf, sich zu setzen. Gleichzeitig griff sie nach ihrem Handy, wählte und sprach ins Mikrofon: »Die Polizei ist jetzt da«, dann legte sie wieder auf.

Da sich Satzig nicht angemeldet hatte, machte ihn das natürlich neugierig. Automatisch bemerkte er deshalb: »Ich sehe, dass Sie uns erwartet haben.«

Viola lächelte und sah dabei weit jünger aus als

achtundvierzig. Überhaupt umgab diese Frau ein gefährlicher Zauber. Satzig spürte in sich den starken Wunsch, dass Viola nichts mit den Verbrechen zu tun hatte. Sie wirkte auf ihn verletzlich, schützenswert, weckte in ihm den weißen Ritter, ein Gefühl, das er sofort versuchte zu verdrängen.

Bei sich dachte er: *Wenn sie heute noch diese Wirkung auf Männer hat, wie war das dann erst vor zwanzig oder dreißig Jahren.*

»Sie sind hier, weil Pia Baumann ermordet wurde und ich deren größter Feind bin. Ich habe die Frau sogar verklagt, zumindest habe ich es versucht.« Während sie sprach, glitt sie lässig auf eine Zweisitzer-Couch ihnen gegenüber. »Außerdem bekam sie jedes Jahr von mir eine Trauerkarte, immer zum Todestag meiner Schwester Sandra.« Sie lächelte. »Da Sie nicht aussehen wie Idioten und nun hier sind, nehme ich an, dass Sie das bereits alles selbst herausgefunden haben. Ich war schon gespannt, wen man schicken würde.«

»Wir sehen nicht nur so aus, wir sind auch keine Idioten«, entgegnete Satzig streng. »Eine Mordermittlung ist eine ernste Sache, ich hoffe, das ist Ihnen klar?«

»Schimpfen Sie gerade mit mir?«, fragte sie amüsiert in einem fast schon kindlichen Tonfall und wieder hatte der Hauptkommissar das Gefühl, diese Frau beschützen zu müssen.

»Ich kläre Sie auf«, erwiderte er dennoch nüchtern.

»Und ich frage Sie nach Ihrem Alibi für den Mordabend.« Er nannte die entsprechenden Daten.

»Natürlich müssen Sie das tun«, erwiderte sie heiter. »Meine Freunde waren hier, den ganzen Abend.«

»Namen und Adressen«, mischte sich dieses Mal Kolb ein. Auch er konnte nicht abstreiten, dass er Viola Merten attraktiv fand, ja sogar sexy, obwohl sie älter als er war. Aber da Kolb normalerweise der war, der bei Frauen die mütterliche Seite zum Schwingen brachte, sprach ihn der Typ Jungfrau in Not nicht an.

Viola lachte. »Sie sind der Unerbittlichere in Ihrer Beziehung«, sagte sie überraschenderweise und da sie mit sichtlichem Vergnügen bemerkte, dass die beiden Männer sich dadurch hatten aus dem Konzept bringen lassen, erklärte sie: »Sie sind vermutlich jemand, der nie besonders kämpfen musste im Leben. Sagen wir der Typ: verwöhntes Einzelkind. Ergo«, sprach sie mit melodischer Stimme weiter, »ist alles Positive für Sie selbstverständlich. Sie glauben, dass Menschen, denen es nicht so gut geht wie Ihnen, selbst daran schuld sind. Das macht Sie zu einem«, sie schien Kolbs aufkommenden Ärger zu spüren und fuhr deshalb bedachter fort. »Das sorgt zumindest dafür, dass Sie nicht die Empathie Ihres älteren Kollegen besitzen.«

Jetzt drehte sie den Kopf zu Satzig. »Sie hingegen wissen, wie sich das Leben anfühlt. Das richtige Leben, das, das auch weh tut. Und deshalb verstehen Sie die Verlorenen und Gestrandeten. Typischer Fall von rauer Schale, weicher Kern. Ich wette, Sie versuchen immer wieder, hoffnungslose Fälle zu retten.«

Während Kolb abfällig die Lippen vibrieren ließ, sagte Satzig mit einem süffisanten Lächeln: »Ich denke, jetzt ist es an der Zeit, dass wir über Sie sprechen.«

»Oh«, reagierte Viola nonchalant, »ich bin das wandelnde Klischee eines Heimkindes. Meine Mutter hat mich süchtig zur Welt gebracht. Ein winziges Crack-Baby mit einer fünfzigprozentigen Überlebenschance. Ich kann mich kaum an sie erinnern, was daran liegt, dass es das Jugendamt wohl für besser hielt, einer süchtigen Prostituierten keine Kinder anzuvertrauen. Pflegefamilie, Heim. Dummerweise verlor ich dort meine ältere Schwester, was mich zu einem pathologischen Fall gemacht hat. An schlechten Tagen habe ich die Tendenz, mich selbst zu verletzen, körperlich, seelisch, jede Form der Demütigung ist mir dann recht. Das wiederum stürzt mich in ein schreckliches Dilemma. Denn danach bleibt die Scham, die den Drang nach Demütigung verstärkt.«

»Das tut mir leid«, entgegnete Satzig aufrichtig.

»Es ist nett, dass Sie das sagen, vor allem, weil ich weiß, dass Sie das ehrlich meinen«, ihr Blick wanderte zu Kolb und fast triumphierend stellte sie fest, dass es sich bei ihm anders verhielt, was ihre Einschätzung des Oberkommissars bestätigte.

»Wenn es wichtig ist, können Sie gerne mit meinem

Therapeuten sprechen. Er wird Ihnen sicher ein paar Fachbegriffe nennen können.«

»Und was war mit Pia Baumann?«, fragte Satzig ruhig nach.

Sie zuckte mit den Schultern. »Da ich ein selbstzerstörerischer Mensch bin, neige ich nicht dazu, andere zu verletzen oder gar zu töten. Allerdings könnte ich es vielleicht doch gewesen sein, denn die Demütigung einer öffentlichen Gerichtsverhandlung, die Aburteilung und anschließende Gefängnisstrafe, das würde doch wieder zu meinem Drang passen, mir selbst zu schaden.«

Sie wollte noch weiter sprechen, aber in diesem Augenblick öffnete sich die Wohnungstür und Viola sagte zufrieden: »Das werden die beiden sein.«

Sie stand nicht auf, beobachtete Satzig, wie der sich in Richtung der Neuankömmlinge wandte und beide interessiert betrachtete.

Zunächst stürmte Nico Grauer ins Zimmer, warf den Beamten einen wütenden Blick zu und fragte Viola besorgt: »Ist alles in Ordnung?«, so als müsste er befürchten, man hätte ihr Gewalt angetan.

Erik hingegen blieb am Türrahmen stehen, lehnte lässig dagegen, die Arme vor der Brust verschränkt wie ein Türsteher, der den Eingang bewachte.

»Natürlich ist alles in Ordnung«, erwiderte Viola leichthin. »Wir haben bereits ein wenig geplaudert, ich habe den Beamten alles von mir erzählt und jetzt müsst ihr nur noch mein Alibi bestätigen.«

Ohne mit der Wimper zu zucken, sagten beide Männer sofort aus, dass alle drei am Abend von Pia Baumanns Tod zusammen gewesen waren.

Satzig nahm an, dass das abgesprochen war, aber zunächst musste er das so akzeptieren.

»Dann frage ich Sie, wo Sie sich gestern zwischen 7.30 Uhr und etwa 11.00 Uhr aufgehalten haben.«

Die Selbstsicherheit verschwand aus den Gesichtern und der Beamte war froh, dass sich der Mord an Hannah Odenthal offenbar noch nicht herumgesprochen hatte. Die Polizei hatte bisher nichts bekannt gegeben, was jedoch bald der Fall sein würde, da man auf die Mithilfe der Bevölkerung angewiesen war. Vorerst jedoch schienen Viola Merten und ihre beiden Freunde nicht zu wissen, warum er diese Frage stellte, oder aber sie taten nur so.

»Viola und ich waren hier in der Wohnung«, erklärte Nico und es war Viola, die schnell einen Blick zu Erik warf und ergänzte: »Zusammen mit Erik«, der daraufhin nickte.

»Sie verbringen viel Zeit miteinander«, warf Kolb süffisant ein. »Wohnen Sie alle hier?«

Während Nico ablehnend das Gesicht verzog und Erik lediglich wütend zu den Beamten starrte, sagte Viola: »Wenn Sie wissen möchten, wie unsere Beziehung ist, dann fragen Sie doch einfach direkt.« Provozierend legte sie den Kopf schräg, bevor sie erklärte: »Wir sind sehr enge Freunde und ja, ich schlafe mit beiden. Das ist es doch, was Sie wirklich interessiert, Herr Oberkommissar.«

Satzig übernahm, klang kalt, als er entgegnete: »Wir sind nicht zu unserem Vergnügen hier. Was auch immer Sie hier abziehen, lassen Sie das. Wir stellen eine Frage, Sie antworten, und zwar wahrheitsgemäß. Dass wir keine Vorladungen geschickt haben, heißt nicht, dass wir das nicht noch tun können. Also beenden wir dieses kleine Spielchen und Sie erklären uns stattdessen, warum Sie so besessen von Pia Baumann waren.«

* * *

Alte Klosteranlage

»Wir müssen unbedingt diesen klappernden Fensterladen befestigen. Das macht keinen guten Eindruck; wirkt so, als würden wir unsere Arbeit nicht ernst nehmen.« Emilie Rodriguez nahm ihre Aufgabe als Vorsitzende des Vereins, der sich zur Aufgabe gemacht hatte, die alte Klosteranlage zu erhalten, ausgesprochen ernst. Gleiches galt für ihre Assistentin, Rebekka Graf, die eifrig mit einem Klemmbrett neben Emilie hermarschierte und deren Anweisungen notierte. Die beiden waren Freundinnen, auch wenn das Kräfteverhältnis zwischen ihnen etwas unausgewogen war. Aber Rebekka begnügte sich mit dem Schattendasein und bewunderte ihre Freundin für deren Selbstbewusstsein und Auftreten.

»Ach, wenn man nicht alles selbst macht!«, stöhnte die gerade theatralisch und entschloss sich, das Gebäude zu betreten, um besagten Fensterladen zu arretieren.

Kurz darauf sprach ihr Rebekka ein Lob aus. »Du bist wirklich ein Allroundtalent, ich hätte jetzt nicht gewusst, wie dieser Mechanismus funktioniert.«

Emilie strahlte und tätschelte Rebekkas Arm, was quasi einer Adelung gleich kam. »Dafür bist du eine hervorragende Organisatorin.«

Ein letzter Blick auf das Gemäuer folgte und der Weg der Frauen führte sie zur alten Mühle. Dort erwartete sie ein weiteres Mitglied ihrer Gruppe. Lothar kümmerte sich um die Technik, genauer gesagt die Mechanik – denn wenn Besichtigungen anstanden, dann musste dieses Relikt aus alten Zeiten hervorragend funktionieren. Emilie hatte sich heute selbst zu der Tour herbequemt, weil die angekündigten Besucher bereits im Vorfeld signalisiert hatten, eventuell als Spender zur Verfügung zu stehen. Immerhin galt es noch, die Kapelle der Abtei zu restaurieren.

Herausgeputzt wie für einen Empfang standen die drei Mitglieder des Vereins daher parat, als die kleine Gruppe Geschichtsinteressierter schließlich auftauchte.

»Eine Mühle!«, rief ein älterer Herr.

Offenbar der Wortführer, denn seine Begleiter, etwa zu achtzig Prozent Frauen, stimmten sofort in sein Staunen mit ein.

»Sagen Sie nicht, liebe Frau Rodriguez, dass dieses Wunderwerk noch funktioniert.«

Emilie legte ihren ganzen Charme in die Antwort. »Nicht nur das«, frohlockte sie, »wir werden es heute auch in Betrieb nehmen und Sie erhalten eine kleine Vorführung.«

»Ach, ich bin begeistert«, antwortete man ihr, während zeitgleich ein Dutzend grauer Köpfe zustimmend nickte.

Jetzt kam Lothars große Stunde, er erklärte die Funktionsweise der Mühle, deutete auf den Mühlenteich, der als Stausee diente, sprach von optimaler Fallhöhe, der Kraftübertragung und rief dann wie immer, wenn er die Vorführung machte: »Na dann, Wasser marsch!«

Es gab ein wenig Gelächter, die Gäste applaudierten verhalten und das gestaute Wasser klatschte schon kurz darauf auf die Schaufeln des großen Mühlrades, das sich gemächlich in Bewegung setzte und den Gästen damit begeisterte »Ohs!« und »Ahs!« entlockte. Als es an der Zeit war, ins Innere der Mühle zu gehen, schien jedoch plötzlich etwas nicht mehr zu stimmen und das Mühlrad stand still.

Emilie rollte mit den Augen, zischte zwischen den

Zähnen hindurch, sodass es nur Rebekka hören konnte: »Ist der alte *Simpel* nicht einmal in der Lage, diese Mühle am Laufen zu halten, wenn wir Sponsoren dahaben. Ich denke, der macht tagein, tagaus nichts anderes, als an diesem Ungetüm herumzupfuschen.«

Sie hätte noch viel sagen können, riss sich aber zusammen und fand wie gewöhnlich die richtigen Worte. Mit forschem Schritt stellte sie sich zwischen die Gäste und erklärte: »Meine Damen, meine Herren! Sie sehen, wir laufen noch nicht rund …«

Wieder quittierte man den flachen Scherz mit Gelächter.

»Und natürlich ist uns jede Art von Unterstützung willkommen, ich bin …«

Der erstickte Schrei ließ Emilie verstummen. Da die Vorsitzende des Vereins mit dem Rücken zur Mühle stand, entging ihr zunächst, dass die Schaufeln sich ruckelnd wieder in Bewegung gesetzt hatten. Lothar stand schon mit einer speziellen Stange bereit, um möglichen Unrat, der das Wasserwerk zuvor blockiert hatte, herauszufischen, aber dann glitt ihm vor Schreck das Werkzeug aus der Hand. Wie auch die anderen starrte er entsetzt auf das, was nun langsam und schwerfällig von einer der Schaufeln in die Höhe gehievt wurde.

Erst glaubte er, ein Bündel Kleider vor sich zu haben, denn zunächst verstand sein Gehirn nicht, was es da sah. Vielleicht lag das daran, dass es so wirkte, als wäre der Leichnam ohne Gesicht. Aber es gab ein

Gesicht, auch wenn das, eingewickelt in Klebeband, nicht zu erkennen war. Dafür klaffte der Hals des Toten weit auseinander – und im nächsten Augenblick zuckte etwas aus der aufgerissenen Kehle hervor. Der dünne Kopf eines Aales wurde sichtbar und als sich das Tier schließlich aus dem Körper herauswand wie ein Dämon, der seinen besessenen Wirt verlassen wollte, war das verständlicherweise für die Besucher zu viel und es folgte ein kollektives, schrilles Aufschreien.

Dennoch verharrte die Gruppe zunächst in einer Art Schockstarre und folgte mit den Augen dem Weg der Leiche auf dem Mühlrad. Erst als diese fast oben angekommen von der Schaufel rutschte und geräuschvoll ins Wasser platschte, sodass diejenigen, die zu nah am Ufer standen, nassgespritzt wurden, griff Rebekka zum Telefon und verständigte zitternd die Polizei.

Obwohl Emilie versuchte, die Anwesenden ins Kloster zu lotsen, um dort Erfrischungen anzubieten und womöglich doch noch den ein oder anderen Spender gewinnen zu können, ignorierten sie die Mitglieder der Gruppe und stürmten zu dem angemieteten Reisebus, so als wären sie überall anders einer tödlichen Gefahr ausgesetzt.

Als der Fahrer schließlich, um Professionalität bemüht, sagte: »Wir müssen warten, bis die Polizei da ist«, beruhigten sich die Menschen.

Offenbar machte sie das Wort Polizei nicht nervös. Das Gegenteil war der Fall, denn mit den Beamten würde jemand auftauchen, der Ordnung schuf. Die grauen Köpfe lehnten sich in den Sitzen zurück, man atmete durch und versuchte, das eben Erlebte zu verarbeiten.

* * *

Zur gleichen Zeit in der Wohnung von Nico Grauer und Viola Merten

»Ich habe nie gesagt, dass ich Ihre Fragen nicht beantworten werde«, erwiderte Viola trotzig, nachdem Satzig ein Machtwort gesprochen hatte. »Also, was möchten Sie denn wissen?«

Der Hauptkommissar fühlte sich nicht wirklich wohl. Die Geschichte von Viola Merten hatte ihn berührt. Es war klar, dass sie weder eine einfache Kindheit noch eine einfache Jugend gehabt hatte. Das wiederum hatte sich auf ihr Erwachsenenleben ausgewirkt. Er dachte an die Jungs, die er trainierte, die ebenfalls aus schwierigen Verhältnissen kamen und die alle ein bisschen Glück verdient hätten. Deshalb sprach er nun in versöhnlichem Tonfall weiter. »Was ist damals in dem Kinderheim geschehen?«

»Sandra war dort unglücklich, das waren wir alle«, sprach nun das erste Mal Erik.

Er gab seine Position am Türrahmen auf und schlenderte zur Couch, setzte sich neben Viola auf die

Lehne, sodass die nun von beiden Männern flankiert war. Das Bild war beeindruckend, weshalb Satzig augenblicklich ahnte, dass diese drei Menschen nichts auseinanderbringen konnte und schon gar nicht die Polizei. Eine verschworene Gemeinschaft.

»Manche warteten darauf, adoptiert zu werden, was natürlich nie passierte, weil wir längst viel zu alt waren. Dann gab es die, die darauf hofften, schnell erwachsen zu werden, um dort verschwinden zu können, und dann gab es eine weitere Gruppe und der gehörte Sandra an, das waren die Bemitleidenswertesten, denn die glaubten tatsächlich daran, dass ihre leiblichen Eltern eines Tages vor der Tür stehen und sie abholen würden.«

Viola sah nun auf ihre Hände, die sie zu Fäusten geballt hatte, und fuhr fort: »Sandra war besessen von dem Gedanken, dass unsere Mutter uns zurückwollte. Sie hat geglaubt, das Heim würde den Kontakt unterbinden und Mama wäre unermüdlich auf der Suche nach uns.«

»Es ist also sehr wahrscheinlich, dass Ihre Schwester an jenem Abend abhauen wollte.«

»Das haben wir nie infrage gestellt«, mischte sich nun Nico ein.

»Wie passte Pia Baumann da hinein?«, wollte der Hauptkommissar nun wissen.

»Sie war grausam. Gut möglich, dass Sandra recht hatte, und sie unsere Mutter absichtlich von uns ferngehalten hat.«

»Aber das war nicht alles.«

»Nein, sie war eine *Sadistin.* Sie hatte meine Schwester auf dem Kieker, hat sie ständig für Dinge bestraft, die sie nicht getan hat.«

»Wir haben versucht, sie zu beschützen«, warf wieder Erik ein. »Einmal ging es darum, dass jemand etwas aus der Küche geklaut hat, völlig harmlos. Die Baumann hat sofort Sandra verdächtigt, aber die war es nicht. Und selbst als ich gesagt habe, ich wäre es gewesen, wurde dennoch Sandra bestraft.«

»Und wie sahen diese Strafen aus?«, fragte Kolb nach und konnte nicht verhindern, dass seine Stimme rau klang. Denn eigentlich wollte er die Antwort gar nicht hören.

»Sie hat Sandra den Mund mit einem Pflaster zugeklebt und ließ sie ein Schild tragen, auf dem stand: ›Ich bin eine Lügnerin‹«, gab Erik mit eisiger Miene Auskunft. »Sie hat die anderen Kinder dazu angehalten, sich über Sandra lustig zu machen. Es gab Tage, da hat sie ihr nicht erlaubt zu essen, angeblich, weil sie frech gewesen wäre. Einmal stürzte sie beim Spielen in den Matsch. Ihre Kleider waren danach total durchnässt. Aber die Baumann hat darauf bestanden, dass sie sich nicht umzieht, weil sie ja so unachtsam war und nun aus ihrem Fehler lernen sollte. Einmal hat sie ihr verweigert, während des Essens auf die Toilette zu gehen. Sandra hatte sich jedoch den Magen verdorben oder so was. Sie hat sich in die Hose gemacht, wurde von allen ausgelacht und die Baumann hat das mit Freuden unterstützt. Ich würde mich nicht wundern, wenn die ihr irgendein Abführmittel ins Essen gegeben hat. Einmal, da …« Er sah zu Viola und brach ab. »Ich denke, Sie haben verstanden.«

»Das haben wir«, reagierte Satzig entsetzt. »War denn niemand da, der sich gegen Pia Baumann gestellt hat. Es muss doch noch andere Angestellte gegeben haben.«

»Was denken Sie?«, reagierte wieder Erik. »Die Baumann hat sich umgeben mit Arschkriechern, die vermutlich nirgendwo anders untergekommen wären.«

»Und später haben Sie versucht, Pia Baumann gerichtlich zur Rechenschaft zu ziehen.«

»Ich habe versagt«, äußerte sich Viola gequält. »Die Beweise reichten nicht. Die Baumann hat behauptet, dass nicht sie das Sandra angetan hätte, sondern unsere Mutter. Sie hat gesagt, dass ich mich irren würde.«

»Erik und ich haben ebenfalls ausgesagt, aber da hieß es lediglich, dass wir vermutlich etwas verwechseln würden, schließlich kamen wir ja alle aus schwierigen Familien«, fügte Nico mit einem süffisanten Tonfall an.

»Und ich als Waise galt auch nicht mehr. Vor allem nachdem der Richter erfuhr, dass mein Vater meine Mutter und meine beiden Geschwister umgebracht hat, bevor er sich in unserem Wohnzimmer erhängt hat. Erik hob sein T-Shirt. Ein muskulöser Oberkörper wurde sichtbar, über dessen komplette Diagonale eine breite, schwulstige Narbe verlief. »Er hat sie alle abgeschlachtet«, sagte er mit einem schiefen Grinsen, »nur ich bin noch übrig und offenbar war ich mit dieser Vergangenheit ebenfalls kein brauchbarer Zeuge.«

»Man hätte die anderen Kinder befragen können«, warf Kolb ein.

»Die wenigen, die wir gefunden haben, wollten nicht einmal mit uns sprechen. Die waren ja nicht betroffen und hatten keine Lust, an diese Zeit erinnert zu werden«, erklärte Viola.

»Wir hatten auch nicht den besten Anwalt«, warf Nico ein.

»Der Typ war ein Arschloch«, blaffte Erik.

»Verjährung, fehlende Beweise …« Plötzlich kullerten Tränen über Violas Gesicht. »Die haben mir auch nicht geglaubt, dass die Baumann Sandra getötet hat. Meine Schwester war eine ausgezeichnete Turnerin, sie war richtig gut auf dem Schwebebalken, sie wäre niemals von einer Mauer gestürzt. Jedes Argument wurde abgeschmettert und die Baumann konnte einfach ihr Leben weiterleben.«

Satzig fragte sich, ob den dreien bewusst war, dass sie gerade das perfekte Mordmotiv lieferten, nutzte aber die Gelegenheit und fragte: »War Sandra denn das einzige Kind, das so von Pia Baumann behandelt wurde?«

Die drei nickten und Nico warf noch ein: »Nicht,

dass die Baumann sonst viel für uns übrig gehabt hätte, aber Sandra hat sie nicht leiden können.«

»Und warum nicht? Was denken Sie, was da dahinter gesteckt hat?«

»Sandra hat ein einziges Mal etwas gesagt«, antwortete Viola. »Sie hat gemeint, die Baumann wäre so, weil Sandra sie wütend gemacht hätte.«

»Wütend gemacht? Mit was denn?«, hakte Kolb überrascht nach.

»Keine Ahnung, daraus hat sie ein Geheimnis gemacht. Ich nahm immer an, dass sie vielleicht etwas herausgefunden hat. Jedenfalls mache ich mir heute noch Vorwürfe, dass ich nicht früher etwas unternommen habe. Ich wusste nicht, was ich tun sollte, kam zunächst gar nicht auf die Idee, vor Gericht zu gehen. Auch weil ich befürchtete, dass mir eh keiner zuhört, was ja dann auch so eingetroffen ist.«

»Sie sagten, die anderen Angestellten haben weggesehen, wäre nach all den Jahren denn niemand bereit gewesen, gegen Pia Baumann auszusagen?«, ließ Satzig nicht locker.

»Niemals«, sagten die drei wie aus einem Mund und Nico erklärte grimmig: »Die waren auch nicht besser. Einer der männlichen Betreuer, ein gewisser Ottmar Linde hat nach Sandras Tod die Nähe zu Viola gesucht. Erst ganz harmlos, später fing er an, sie zu berühren, ihr über den Kopf zu streicheln, wurde immer aufdringlicher. Ich denke, da muss ich nicht deutlicher werden.«

»Falls es zu einem sexuellen Missbrauch kam …«, setzte Satzig an, auch mit dem Gedanken, den Täter ausfindig zu machen und zur Rechenschaft zu ziehen, wurde aber von Nico unterbrochen: »Wir haben auf Viola aufgepasst, hätten das niemals zugelassen.« Er sah zu Erik, bevor er anfügte: »Wir haben *aufeinander* aufgepasst.«

»Und dann ist das Heim zufällig abgebrannt und Pia Baumann war Geschichte, genau so wie dieser Betreuer und all die treuen Gefolgsleute der Alten«, ergänzte Erik mit einem zufriedenen Grinsen.

Satzig erwiderte das Grinsen. »Man war damals nicht sicher, was die Brandursache anging. Die Explosion in der Küche schien zwar auf eine defekte Gasleitung zurückzuführen zu sein, aber nichtsdestotrotz wäre auch eine Manipulation möglich gewesen. Ist Ihnen dazu etwas bekannt?«

»Nein«, antwortete Erik gelangweilt, »und was würde es Ihnen auch nützen. Nicht nur Kindesmisshandlung verjährt, das Gleiche gilt auch für Brandstiftung.«

»Sie befassen sich mit Rechtsfragen«, warf Kolb provozierend ein.

Aber Erik ließ sich nicht aus der Ruhe bringen. »Ich befasse mich mit so einigem«, gab der Antwort. »Ich bin ein aufgeschlossener Mensch.«

Nach dem Mordopfer Hannah Ohlendorf und Margot Kühn alias Aurora befragt, verneinten alle drei, die Frauen zu kennen.

Einer Eingebung folgend erwähnte der Hauptkommissar Adrian Baumann. »Die Baumanns hatten in dem Kinderheim eine eigene Wohnung, dann ist Ihnen doch sicher auch der Sohn begegnet, Adrian.«.

»Sie haben Vorstellungen«, schnauzte Nico, »glauben Sie ernsthaft, dass sie den mit uns hat spielen lassen? Sie kapieren das nicht, wir waren Kinder zweiter Klasse, egal, wo wir aufgetaucht sind. Fast so, als hätten wir einen Ausschlag, als wäre Waise zu sein oder ein mieses Elternhaus zu haben, ansteckend.«

»Den haben wir nicht zu Gesicht bekommen«, meldete sich Viola zu Wort, »der lebte in einer besseren Welt.«

Die Beamten hatten keine weiteren Fragen und verabschiedeten sich.

Plötzlich sprang Viola auf und begleitete sie zur Tür. Auf dem Weg dorthin bemerkte sie: »Stimmt das eigentlich, dass man ihr den Kopf mit Klebeband umwickelt hat?«

Als Satzig nicht sofort antwortete, ergänzte sie: »Diese Friedhofsgärtnerin, die sie gefunden hat, teilt das in den sozialen Medien.«

»Und wenn es so wäre«, blieb der Hauptkommissar vage. »Würde Ihnen dazu etwas einfallen?«

Sie lächelte, dieses Mal sehr kindlich, wirkte dadurch naiv, auch ein wenig verloren. »Ich weiß, dass das sehr schmerzhaft sein kann. Wenn man es wieder abzieht, ist das wie ein Waxing. Die Haut kann dabei verletzt werden, das fühlt sich dann wie eine Abschürfung an. Schlimm, wenn die Haare betroffen sind, dort haftet es besonders gut, beim Entfernen reißt man sich ganze Büschel heraus, das ist so übel wie Kaugummi.«

»Irgendeine Idee, warum das jemand Pia Baumann angetan hat?«

Ihr Gesicht blieb unbeweglich, als sie antwortete: »Ich nehme an, dass irgendwer ihren Anblick nicht mehr ertragen konnte.«

17

Vor 36 Jahren

Hohe Flammen schossen aus dem Dachstuhl, das Feuer hatte sich schnell ausgebreitet, schneller als gedacht und das war auch gut so. Sie hatten nur noch das, was sie auf dem Leib trugen, aber das war egal.

»Es sieht hübsch aus«, flüsterte Viola. Sie war erst zwölf Jahre alt, aber bereits wunderschön. Der vierzehnjährige Erik konnte sich nicht sattsehen an ihrem glücklichen Gesicht. Sie standen ein ganzes Stück vom Feuer entfernt. Die Polizei war da und Ottmar Linde lief wie ein aufgescheuchtes Huhn zwischen den Kindern hindurch. »Sind alle da?«, kreischte er immer wieder und natürlich gab ihm niemand Antwort.

»Stellt euch auf, stellt euch endlich in

Zweiergruppen auf«, schrie er bedrohlich und es war einer der Beamten, der auf ihn zutrat und gereizt sagte: »Herrgott, die Kinder stehen unter Schock, vielleicht überdenken Sie Ihren Ton, Mann! Jemand wie Sie sollte doch in der Lage sein, das auf andere Weise zu regeln.«

Erik hatte jedes Wort gehört und beobachtete nun mit großer Genugtuung, wie sich der Linde zusammenriss. Er hätte ihm sagen können, dass alle in Sicherheit waren. Er hatte sie längst gezählt, wusste, dass niemand in den Flammen eingesperrt war. Sie würden alle überleben, jetzt erst recht.

»Es war gut, dass sie nicht da war«, murmelte Nico. »Sie hätte vielleicht etwas bemerkt.«

»Man muss immer einen Plan haben«, erwiderte Erik großspurig. »Damit hat sie nicht gerechnet, sonst wäre sie mit der Gruppe B nie zu diesem Wochenendausflug.«

»Du bist ein Genie«, seufzte Viola und fasste das erste Mal in ihrem Leben nach Eriks Hand. Der Vierzehnjährige fühlte sich geschmeichelt. Vor allem als sie sagte: »Du hast das für mich getan, das werde ich dir niemals vergessen.«

»Ja, das war gut«, war es Nico wichtig, neben den beiden nicht in Vergessenheit zu geraten.

Viola spürte offenbar, dass er befürchtete, ab jetzt nicht mehr dazuzugehören, und ergriff auch seine Hand.

So standen sie nebeneinander, fest verbunden und

starrten in die Flammen.

»Das wird nie jemand erfahren«, beschloss Viola. »Das wird unser Geheimnis bleiben, wir müssen uns das schwören.«

Nico schien zu zögern, aber sie ließ ihm das nicht durchgehen. »Wir drei gehören für immer zusammen, wir sind jetzt eine Familie.« Und dann hatten sie den Schwur geleistet. Direkt vor der Flammenwand, in der beißenden Luft, mit Ruß in den Haaren und dem Wissen, dass jetzt ein neuer Weg beginnen würde. »Wir haben nur uns«, ergänzte die kleine Viola.

»Für dich würde ich alles tun«, gestand ihr in diesem Augenblick der dreizehnjährige Nico.

Erik hatte daraufhin aufgelacht und lässig erwidert: »Und ich habe für dich bereits alles getan.«

* * *

Gegenwart

Nico erinnerte sich an die Nacht vor sechsunddreißig Jahren so, als wäre es gestern gewesen. Jedes Mal, wenn er daran dachte, glaubte er sogar, die Hitze der Flammen auf der Haut zu spüren, sowie das Kratzen im Hals, das durch die Aschepartikel entstanden war, die der Wind zu ihnen herübergeweht hatte.

Schnell schaufelte er sich kaltes Wasser ins Gesicht.

Es klopfte an der Badezimmertür. »Alles in

Ordnung?«, rief Viola besorgt und als er antwortete: »Mir geht es bestens«, verschwand sie wieder.

Während er sein bleiches Gesicht im Spiegel betrachtete, hörte er sie draußen mit Erik lachen.

Erik, immer Erik, dachte er eifersüchtig. Warum war er damals nicht selbst auf die Idee gekommen, das Heim anzuzünden, dann wäre Erik heute vergessen und Viola hätte nur Augen für ihn. Aber ja richtig, Erik wusste genau, was er tun musste, um diese Explosion zu provozieren.

»Mein Alter hat auf diese Art einmal einen Versicherungsbetrug durchgezogen, wenigstens etwas Nützliches, das ich von ihm geerbt habe«, hatte er ihnen damals bitter erklärt.

»Wenn dieses Drecksloch abgebrannt ist, dann wird alles besser werden«, hatte er Viola versprochen und tatsächlich recht behalten.

Sie waren in einer anderen Einrichtung untergebracht worden. Zwar waren Mädchen und Jungs dort getrennt, aber die Häuser lagen nebeneinander. Die Betreuer waren nett, hatten kein Interesse daran, die drei zu trennen, nachdem sie deren Geschichten kannten. Erik war der Erste von ihnen, der dann schließlich ausziehen konnte, ein Jahr später war Nico gefolgt, dann Viola. Ihr Schwur galt bis heute.

Plötzlich zuckte Nico zusammen, Erik hämmerte mit den Fäusten gegen die Tür und blaffte: »Was treibst du da drin, ich müsste mal.« Anschließend rief er irgendetwas in Violas Richtung, und es klang wie: »Ich glaube, Nico steht unter Schock, wegen des Polizeibesuchs.«

Wütend riss der nun die Badezimmertür auf. »Tut mir leid, wenn ich nicht so cool bin wie du! Mich hat man eben noch nicht so oft verhört.«.

Überraschenderweise unterließ Erik dieses Mal eine gemeine Bemerkung, sondern klopfte dem anderen freundschaftlich auf die Schulter und meinte gutmütig: »Aber dafür hast du dich ganz gut geschlagen, Bruder.«

Nico nickte und dachte: *Am Ende sind wir eben doch eine Familie und halten zusammen.*

* * *

Die Beamten hatten die Wohnung von Nico und Viola gerade verlassen, als der Anruf kam: ein weiterer Leichenfund. Sie begaben sich sofort zu der alten Klosteranlage.

»Ein schwieriger Tatort«, begrüßte sie ein Streifenkollege und deutete Richtung Mühlrad.

Noch bevor sie dieses jedoch erreichten, rannte eine Frau auf sie zu. »Ich hoffe, dass Sie nun endlich diejenigen sind, die dieses ganze Chaos beseitigen werden!«

Satzig reagierte genervt, er hatte anstrengende Tage hinter sich und mittlerweile häuften sich die Leichen. Obwohl er sich um Geduld bemühte, entgegnete er gereizt: »Ich bin der leitende Ermittler und untersuche den Mord an einem Menschen. Die Situation als *Chaos* zu bezeichnen, halte ich für unangebracht.«

Emilie Rodriguez lief rot an, bemerkte offenbar, dass sie sich im Ton vergriffen hatte. Mittlerweile tauchte eine weitere Frau hinter ihr auf.

Emilie lächelte entschuldigend. »Ich leite einen Verein zum Erhalt dieser Anlage, das ist meine Assistentin«, stellte sie sich und Rebekka zunächst vor. Dann fügte sie versöhnlich an: »Ich wollte nicht pietätlos erscheinen, nur wissen Sie, meine Aufgabe ist nicht einfach,« kurz fiel ein wohlwollender Blick auf Rebekka, bevor sie anfügte: »Meine Assistentin und ich helfen, diese wundervolle Klosteranlage zu erhalten, aber dafür sind wir auf Spender angewiesen. Die sitzen allerdings gerade alle im Bus, wegen dieses Ch …« Sie verkniff sich im letzten Moment, noch einmal von Chaos zu sprechen, und schloss mit den Worten: »Wegen des Leichenfunds. Womöglich könnten Sie anordnen«, ergänzte sie zögerlich, »dass es besser wäre, sich ins Gebäude zu begeben, dann würde ich mich um die Herrschaften kümmern. Ich hatte eine Präsentation vorbereitet, und jetzt, wo die ohnehin warten müssen …«

Satzigs Miene verdüsterte sich, woraufhin die aufmerksame Rebekka den Arm der Vorsitzenden umfasste und sagte: »Ich denke, wir sollten die Beamten nun ihre Arbeit machen lassen«, bevor sie Emilie mit sich zog.

Die Polizisten hörten noch, wie Letztere sich

beschwerte: »Lass mich los, du blamierst mich ja!« Dann waren die Frauen aus ihrem Sichtfeld verschwunden.

Der Gerichtsmediziner erwartete sie bereits. Die Leiche war geborgen worden, lag jetzt auf einer Plane und zeigte einige Spuren, die auf den Aufenthalt im Wasser hindeuteten.

Der Arzt gab ihnen eine erste Zusammenfassung: »Der Mann lag noch nicht lange im Wasser. Keine deutliche Waschhautbildung, allenfalls erste Anzeichen.« Er deutete auf die Handrücken des Toten. »Sehen Sie hier, diese Abschürfungen, das sind typische Verletzungen, die entstehen, wenn sich die Leiche in einem Gewässer mit dem Bauch nach unten aufrichtet, also die Treibhaltung einnimmt. Dann schleift sie mit Knien, Handrücken, Zehen und Stirn am Boden entlang. Wegen der Kleidung und des Klebebands um den Kopf erscheinen diese Merkmale nur an den Händen. Man hat den Mann direkt nach seinem Tod in das Rückhaltebecken geworfen. Wäre die Mühle heute nicht für eine Vorführung in Betrieb genommen worden, hätte er dort noch lange unbemerkt gelegen.«

»Können Sie uns sagen, ob dieser Mann vor Pia Baumann und Hannah Ohlendorf starb?«, fragte Satzig ungeduldig.

»Wie gesagt, Wasserleichen sind immer schwer zu beurteilen, da spielen viele Faktoren eine Rolle. Von der Temperatur ganz abgesehen, kommt es auch noch auf das Gewässer selbst an, welche Tiere machen sich am Körper zu schaffen, welche …«

»Bitte«, unterbrach ihn der Hauptkommissar. »Was schätzen Sie?«, hakte er eindringlich nach.

»Dieser Mord geschah um die gleiche Zeit wie die Tötungen der beiden Frauen«, gab der Mediziner schließlich nach. »Nur eine erste Veranschlagung. Ich denke nicht, dass es einen längeren zeitlichen Abstand zwischen den Morden gab.«

»Und wissen wir bereits, wer das ist?«, mischte sich Kolb ein, der hoffte, dass nicht er die Taschen des Leichnams durchsuchen musste. Nicht nur die Vorstellung, auf irgendein glitschiges Tier zu stoßen, schreckte ihn, sondern auch die natürliche Abneigung, einen toten Körper zu berühren.

»Der Mann heißt laut Ausweis Ralf Linde, dreißig Jahre, wohnhaft in Frankfurt.«

»Linde?«, fasste Satzig sofort nach. »Haben wir nicht eben erst von einem Ottmar Linde erfahren?«, erinnerte sich der Beamte an die Aussage von Viola Mertens Freund Nico, der den Namen erwähnt hatte.

»Ottmar Linde war einer der Betreuer unserer illusteren Dreiergruppe, womöglich haben wir gerade eine Verbindung gefunden. Was, wenn der Tote ein Verwandter ist?«

»Gib das sofort an die Kollegen durch, die sollen sich umgehend darauf konzentrieren. Wo finden wir Ottmar Linde und gibt es eine Verbindung zu dem toten Ralf Linde?«

Während sich Kolb ein Stück entfernte, um mit der Dienststelle zu telefonieren, erklärte der Arzt: »Der hatte kein Handy dabei, das ist mir aufgefallen. Ausweis, Geldbeutel, Schlüssel sind jedoch da. Womöglich ist ihm das Handy aus der Tasche gefallen, dann haben die Taucher vielleicht Glück.«

»Oder jemand hat es mitgenommen. Wir versuchen jedenfalls eine Ortung«, antwortete Satzig nachdenklich, bevor er sich verabschiedete.

18

Während sich Satzig und Kolb auf den Weg zur Wohnung des Toten machten, erfuhren sie bereits, dass sich das Handy von Ralf Linde nicht orten ließ. Außerdem bekamen sie die Bestätigung, dass der ehemalige Erzieher Ottmar Linde vor wenigen Tagen verstorben war und einen Sohn namens Ralf hatte. Mit dem Schlüsselbund, der bei dem Leichnam gefunden worden war, konnten sie sich schließlich problemlos Zutritt zu der Wohnung verschaffen. Eine weitere Bestätigung dafür, dass der Tote tatsächlich besagter Ralf Linde war.

Das kleine Einzimmerappartement sah verheerend aus. Essensreste und Geschirr auf der Spüle, dreckige Wäsche auf dem Boden verteilt, ein ungemachtes Bett mit schmutzigen Laken. Im Bad klebten die wenigen Pflegeprodukte auf der Ablage fest, das Fenster war trübe, der Spiegel verschmiert und von der

Toilettenschüssel ging ein scharfer Geruch aus, weil sich schon lange Zeit niemand mehr die Mühe gemacht hatte, den Urinstein zu entfernen.

Mit einem Seufzen ging Kolb zurück in das einzige Zimmer. »Ich verstehe es nicht«, sagte er. »Auch wenn man nicht viel Geld hat, kann man sich doch die eigenen vier Wände etwas wohnlicher gestalten, zumindest aufräumen und den Müll entsorgen. Mit etwas Farbe an der Wand und einer gründlichen Reinigung wäre das hier doch ganz gemütlich.«

Satzig, der mit behandschuhten Fingern vorsichtig die leeren Bierflaschen auf dem Tisch beiseiteschob, um einen Blick auf die ungeöffnete Post und die Zettel darunter zu werfen, schnalzte mit der Zunge und sagte müde: »So einfach ist das oft nicht.«

»Eigentlich ist es doch genau so einfach«, widersprach sein Kollege, woraufhin Satzig den Blick hob und erklärte: »Manche Menschen sitzen in der Falle, wenn das Leben erst einmal aus dem Ruder läuft. Kein Job, keine Beziehung, nichts, für das es zu leben lohnt, da vernachlässigt man schnell die Pflege seiner Wohnung und irgendwann sogar die eigene Reinlichkeit. Meist sind Betroffene erst einmal unfähig, sich selbst wieder zu berappeln.«

»Du wieder«, brummte Kolb. »Jetzt fühle ich mich schlecht, weil ich offenbar nicht empathisch genug bin. Dennoch glaube ich, dass ein wenig Disziplin die eigene Lage verbessern könnte. Immerhin …«

Weiter kam er nicht, denn ein Klingeln unterbrach seine Ausführungen.

Die unbekannte Frau, die schließlich vor der Wohnungstür stand, sah überrascht zu den Beamten. Ein Blick genügte ihr, um zu wissen, dass die beiden keine Freunde von Ralf Linde sein konnten. Im ersten Augenblick tippte sie daher auf Mitarbeiter der Hausverwaltung, fragte vorsichtig: »Ist Herr Linde nicht da?«

Kolb zückte seinen Dienstausweis und stellte sich vor. »Und Sie sind?«, fragte er freundlich.

Erschrocken nannte sie ihren Namen und sah von einem zum anderen. »Ich habe mich die letzten Monate um Ottmar Linde gekümmert, ich arbeite bei einem Pflegedienst.« Und schließlich erzählte sie den Beamten von ihrer Begegnung mit Ralf und dessen herzlosem Auftreten.

»Eigentlich geht es mich ja nichts an, aber der Herr Linde, also Ottmar«, ergänzte sie erklärend, »war ein so dankbarer Patient und irgendwie hatte ich das Gefühl, es ihm schuldig zu sein, dem Sohn noch einmal ins Gewissen zu reden. Man sollte doch wenigstens dafür sorgen, dass die Eltern eine ordentliche Beerdigung bekommen, oder etwa nicht?« Dann änderte sich der Gesichtsausdruck der Frau. Zunächst voller Mitgefühl und Trauer beherrschte jetzt die Neugier ihre Züge. »Wo ist er denn, der Ralf?«

Satzig sah keine Veranlassung zu schweigen und meinte schlicht: »Er ist tot.«

»Ach Gott!«, rief die Pflegekraft betroffen und der Hauptkommissar kam immer mehr zu dem Schluss, dass sein Gegenüber berufsbedingt so gut geübt war, was das Ausdrücken von Anteilnahme anging, dass das Hin- und Herschalten zwischen guter Laune und jammervoller Haltung mühelos gelang.

»Aber im Prinzip wundert es mich nicht«, sagte sie schließlich. »Ein Mensch wie Ralf Linde steht immer mit einem Bein im Grab und mit dem anderen im Gefängnis.« Wieder änderte sich ihre Mimik und sie versuchte, an den Polizisten vorbei in die Wohnung zu linsen.

»Was hat sein Vater denn über ihn erzählt?«, ignorierte Satzig das Bedürfnis der Frau einzutreten.

»Dass er nichts taugt, wie seine Mutter. Die hatten quasi kaum Kontakt, dabei war der Herr Linde, also der alte«, ergänzte sie erneut, »ein herzensguter Mensch.«

»Sagen Sie«, nutzte Satzig die Gunst der Stunde, »hat Ihr Patient jemals etwas von seiner Arbeit erzählt, von seiner Vergangenheit.«

Sie schüttelte vehement den Kopf. »Nichts, kein Sterbenswörtchen«, antwortete sie und es klang empört. »Ich versuche immer, mit den Menschen ein Schwätzchen zu halten, und die meisten lieben es, über die alten Zeiten zu sprechen, aber Ottmar der sagte nur: ›Was vorbei ist, ist vorbei‹. Ich wusste natürlich aus der Akte, dass er mit Kindern gearbeitet hatte.«

»Und über was haben Sie dann mit ihm geredet?«, hakte nun Kolb nach.

»Über das Wetter, er saß manchmal stundenlang am Fenster, als er das noch konnte, und hat beobachtet, was auf dem Hof passiert. Eine besondere Freude war es ihm, den Kindern beim Toben zuzusehen. Da war er glücklich. ›Ist das nicht schön, die kleinen Mädchen und Jungs beim Spielen zu beobachten‹, hat er dann sagen können. Er war nicht so ein griesgrämiger alter Mann, der sich ständig über den Lärm beschwert hat. Das hat ihn für mich ja so sympathisch gemacht, er war sicher ein wunderbarer Erzieher.«

»Anzunehmen«, blieb Satzig vage. »Hatte er denn jemals Besuch?«

»Das ist mir nicht bekannt, aber ich war ja nur stundenweise bei ihm. Erzählt hat er mir davon jedenfalls nichts. Und aufgefallen ist mir nie etwas. Und dann ging es ihm ja auch immer schlechter. Die letzten Tage konnte er gar nicht mehr aus dem Bett.« Wieder legte sie ihr mitfühlendes Gesicht auf und ein letztes Mal wanderte ein verstohlener Blick in das Innere der Wohnung. »Wie ist der Sohn denn gestorben?«, hakte sie nun direkt nach.

»Momentan können wir keine Auskünfte geben, danken Ihnen jedoch für die Mithilfe«, wimmelte Kolb die Frau ab und ergänzte: »Wenn wir weitere Fragen haben, kommen wir auf Sie zu.«

»Ja sicher«, reagierte sie etwas irritiert und trat

dann mit einem unzufriedenen »Auf Wiedersehen« den Rückweg an.

Erst als die beiden Beamten wieder in der Wohnung des Toten waren und die Tür hinter sich geschlossen hatten, bemerkte Satzig: »Wenn ich die Aussagen von Viola Merten und ihren beiden Liebhabern mit dem kombiniere, was wir gerade von der Pflegekraft erfahren haben, dann verhärtet sich der Verdacht, dass der ehemalige Erzieher Ottmar Linde womöglich ein Pädophiler war. Wir müssen auf jeden Fall überprüfen, ob der Mann von jemandem angezeigt wurde. Aber selbst wenn nicht, spricht einiges dafür, dass es Übergriffe gegeben hat, welcher Natur auch immer.«

»Und so jemand wird dem eigenen Sohn gegenüber auch nicht gerade der Vater des Jahrhunderts gewesen sein. Kein Wunder also, dass der kein Interesse an seinem alten Herrn oder dessen Beerdigung hatte.«

»Und jetzt ist er selbst tot, genau so wie Pia Baumann, die ehemalige Vorgesetzte seines Vaters.«

Sie sahen sich weiter in der Wohnung um, Satzig durchforstete erneut die losen Blätter auf dem Tisch, bis er plötzlich einen Pfiff ausstieß. »Sieh dir das an.«

Kolb trat zu seinem Kollegen und hob überrascht die Brauen. Auf einem der Zettel hatte jemand, vermutlich Ralf Linde, den Namen Sandra Merten geschrieben und dahinter mehrere Dollarzeichen gekritzelt.

»Damit haben wir die Verbindung. Sieht für mich so aus, als hätte Ralf Linde irgendetwas im

Zusammenhang mit Sandra Merten erfahren, das er nun zu Geld machen konnte«, spekulierte Kolb. »Denkbar, dass er etwas in Händen hielt, das die Schuld von Pia Baumann bewiesen hätte, etwas, das er von seinem toten Vater hatte.«

»Und er hat versucht, diese Beweise zu Geld zu machen«, spann Satzig den Faden weiter, »also geht er zu wem? Die Naheliegendste wäre Pia Baumann.«

»Eigentlich ja, außer er weiß, dass die kein Geld hat, und glaubt, dass Viola Merten als Sandras Schwester weitaus interessierter sein könnte. Womöglich hat er ihren Namen bei den Unterlagen seines Vaters gefunden. Viola erhält die Beweise und verzichtet dieses Mal auf eine langwierige Gerichtsverhandlung, sondern nimmt das Recht in die eigenen Hände. Sie tötet Pia Baumann und muss natürlich auch Ralf Linde beseitigen, denn der ist ein Zeuge. Du hast den Gerichtsmediziner gehört. Die beiden starben zur selben Zeit.«

»Und was ist mit Hannah Ohlendorf, dem Schützling dieser Sektenführerin Aurora?«, hielt Satzig dagegen. »Warum hätte Viola diese Frau töten sollen?«

»Die ist vielleicht nur eine Ablenkung für uns gewesen. Ralf Lindes Leichnam sollte vermutlich nicht gefunden werden, das war Zufall. Außerdem hat Viola zwei Helfer. Die drei geben sich gegenseitig Alibis, zwar kann man das anzweifeln, aber denen das Lügen zu beweisen, ist eine andere Hausnummer.«

»Von Viola Merten werden wir nie etwas erfahren«,

überlegte Satzig laut. »Wenn überhaupt von den Männern, Nico und Erik. Ich nehme an, dass zwischen den beiden ein ständiger Konkurrenzkampf um die Gunst von Viola herrscht. Eifersucht könnte die Schwachstelle der Dreierbeziehung sein.«

»Allerdings haben die schon einmal bei einem Verbrechen zusammengehalten«, gab Kolb zu bedenken. »Wie Erik von dem Brand erzählt hat, lässt wohl kaum einen Zweifel daran, dass er das damals war. Der hat uns nicht umsonst auf die Verjährung hingewiesen. Wird schwer werden, die drei zu knacken.«

»Du würdest also alle anderen Verdächtigen streichen«, hakte Satzig interessiert nach.

»Den Typen mit der Tierpension auf jeden Fall«, antwortete Kolb prompt.

Der Hauptkommissar konnte nicht verhindern, dass ein wissendes Grinsen über sein Gesicht huschte. »Du bist nicht objektiv«, mahnte er.

»Bin ich tatsächlich nicht, denn da ich Helga adoptieren möchte, wäre es mir lieb, wenn deren momentaner Hundepapa kein Serienmörder ist. Außerdem fehlt mir bei ihm das Motiv für die Morde an Hannah Ohlendorf oder Ralf Linde.«

»Eventuell hat ihn Hannah angesprochen, als sie ihre Flyer verteilen wollte und ihn dadurch getriggert. Ralf Linde könnte zum Beispiel ein Zeuge beim Mord an Pia Baumann geworden sein. Womöglich hat er die alte Frau beobachtet, um einen geeigneten Zeitpunkt für seinen Erpressungsversuch abzuwarten, und Gerd Nilson, der herausgefunden hat, dass Pia die Giftköder ausgelegt hat, kam ihm zuvor. Und was ist mit der Schwiegertochter, die könnte ein religiöses Motiv haben. Auch die Anführerin dieser Glaubensgemeinschaft scheidet für mich noch nicht vollkommen aus. Aber«, sagte er schließlich, als er Kolbs kritischen Gesichtsausdruck bemerkte: »Du hast natürlich insofern recht, dass Viola Merten und Co. momentan ganz oben auf der Liste der Verdächtigen stehen.«

19

Am Morgen hatte Hauptkommissar Satzig sich mit dem Gerichtsmediziner verabredet. Die Leiche von Ralf Linde war mittlerweile vom Klebeband befreit worden, die Identifizierung damit endgültig bestätigt. Das Ergebnis der Autopsie brachte den Ermittler allerdings nicht weiter. Nach dem Termin in der Gerichtsmedizin hatte ihn sein Vorgesetzter zu sich zitiert und der Hauptkommissar musste sich mit dem zuständigen Pressesprecher auseinandersetzen. Es ging darum, die Bevölkerung um Mithilfe zu bitten, um Informationen über Ralf Lindes Lebenswandel zu erhalten. Bislang war es ihnen zudem nicht gelungen, anhand der in der Wohnung gefundenen Unterlagen Freunde oder Bekannte desselben ausfindig zu machen.

Momentan hatte Satzig das Gefühl, durch zähen Brei zu marschieren, denn nichts ging voran. Als er dann endlich zurück in sein Büro konnte, bemerkte er, dass bereits das Tageslicht schwand, obwohl es gerade erst fünfzehn Uhr war. Frustriert und übermüdet brauchte er nun dringend etwas, das seine Moral heben konnte. Deshalb machte er einen Abstecher in die Bäckerei um die Ecke, da er wusste, dass dort ganzjährig sein Lieblingsgebäck angeboten wurde. Kurze Zeit später kehrte er, mit einer Tüte *Bethmännchen* bewaffnet, zurück in sein Büro. Die ersten der kugeligen Marzipanteilchen mit der Mandelverzierung hatte er bereits im Aufzug verschlungen und so hatte sich seine Laune etwas verbessert, als er seinen Kollegen Kolb begrüßte.

»Oha! Süßkram am Mittag, das heißt, du bist nicht gut drauf. Pass aber auf, dass du kein *Mobbelsche* wirst, das hat meine Mutter früher immer zu mir gesagt«, kommentierte der die Nascherei.

Satzig lachte. »Ich denke, der Job lässt mir keine Zeit zum Speckansetzen.«

»Vielleicht kann ich dich aufbauen. Immerhin wissen wir jetzt, wem das Blut gehört, das wir an den Leichen der Frauen gefunden haben.«

»Lass mich raten«, winkte der Hauptkommissar müde ab, »das war von Ralf Linde.«

»Stimmt«, bestätigte Kolb. »Außerdem lagst du richtig mit deiner Vermutung, dass die erleuchtete Aurora ebenfalls aus schwierigen Verhältnissen stammt. Pflegefamilien, Jugendheim und so weiter. Wir konnten allerdings bisher keine direkte Verbindung zu

Pia Baumann oder Ottmar Linde ausmachen. Aber die Möglichkeit besteht durchaus, dass sie die beiden gekannt und womöglich ausreichend stark gehasst hat. Wenn Aurora für die Morde verantwortlich ist, dann könnte Hannah Ohlendorf eine ungeliebte Zeugin gewesen sein.«

»Das ist alles nicht konkret genug, wir haben nichts in der Hand«, beschwerte sich Satzig und fragte: »Was ist mit Viola Merten und ihren Liebhabern?«

Kolb verzog das Gesicht. »In unseren Akten taucht nur Erik auf. Eine Anzeige wegen Körperverletzung und Vorwürfe wegen Drogenhandel, aber da kam es zu keinem Verfahren aus Mangel an Beweisen. Außerdem hatte er stets ein Alibi, wenn er eines brauchte.«

»Ich rate erneut«, reagierte Satzig flapsig, »Viola Merten hat stets zu seinen Gunsten ausgesagt.«

»So ist es, sie und Nico haben Erik jedes Mal gedeckt. Ich vermute, falls es da irgendwelche kriminellen Machenschaften gibt, stecken die alle drei mit drin. Es ist nämlich nicht wirklich klar zu erkennen, wovon die Herrschaften leben. Nico tritt als Versicherungsmakler und Unternehmensberater auf. Offenbar ist Viola bei ihm als Sekretärin angestellt, wobei ich bezweifle, dass die auch nur den Hauch einer Ahnung hat, wo in Nicos Büro der Kopierer steht. Erik betitelt sich als freischaffender Sicherheitsberater. Im Klartext schlägt er sich im wahrsten Sinne des Wortes vor allem mit Türsteher-Jobs durch. So kam er auch zu der Anzeige. Der Gast eines Klubs fühlte sich ungerechtfertigterweise attackiert. Erik musste Schmerzensgeld zahlen, das war's. Andere Vergehen konnte man ihm nicht nachweisen, aber es ist anzunehmen, dass die Gruppe sich nicht immer an die Regeln hält, um es einmal vorsichtig auszudrücken.«

Satzig schwieg einen Augenblick, warf dann nachdenklich ein: »Wie verzweifelt müssen die drei gewesen sein, dass die das Heim angezündet haben?«

»Oder aber die hatten damals schon zu viel kriminelle Energie, denn bislang haben wir keine Beweise für das angebliche Fehlverhalten von Pia Baumann oder Ottmar Linde gefunden«, hielt Kolb dagegen.

»Das heißt aber nicht, dass da nichts war. Was Ottmar Linde angeht, spricht vieles dafür, dass der sich übergriffig verhalten hat. Und warum sollte Viola Merten die Geschichten über ihre Schwester und Pia Baumann erfinden.« Er bemerkte, dass Kolb widersprechen wollte, und erklärte schnell: »Sicher, sie mag sich da in etwas verrennen, um besser mit dem Tod der Schwester klarzukommen, ich behaupte auch nicht, dass Pia Baumann das Kind ermordet hat. Aber diese unangemessenen, sadistischen Bestrafungen, die scheinen mir nicht ausgedacht. Ich habe mich gestern noch ein wenig schlau gemacht. Aus den Fünfziger- und Sechzigerjahren gibt es leider erschreckende Berichte über Gewalt und Demütigungen in Kinderheimen, zum Teil waren die Einrichtungen wie Gefängnisse organisiert. Natürlich war das nicht überall so, aber manche der Waisenkinder haben furchtbare Dinge erlebt. Damals war das gang und gäbe, und das geschah nicht in aller Heimlichkeit. Teilweise wurde so ein Umgang von den verantwortlichen Stellen gefordert und entsprechende Richtlinien vorgegeben. Wenn man bedenkt, dass das auch bis in die Siebzigerjahre hineingereicht hat, scheint mir Violas Aussage durchaus glaubhaft. Ich erinnere mich selbst noch an ein Kinderheim, das direkt neben meiner Schule lag. Das war Ende der Siebziger. Wir hatten kaum Kontakt mit den Kindern dort, das war irgendwie tabu. Geschweige denn, dass wir Zutritt gehabt hätten. Später gab es einige Gerüchte, was die Betreuer und Erzieher anging, die sich um die Waisen *gekümmert* haben. Offenbar ist das nie richtig aufgearbeitet worden. Wenn ich nun überlege, dass Pia Baumann in einer Zeit geboren wurde, in der so ein widerliches Verhalten gegenüber den Schutzbefohlenen gebilligt und sogar gewünscht wurde, ist es leicht vorstellbar, dass sie manche Methoden übernommen hat.«

»Denkbar wäre das, offenbar war sie keine besonders herzliche Frau. Potenziell eine Sadistin, die Spaß daran hatte, ihre Macht auf die Art auszuleben. Und sie war vorsichtig«, überlegte Kolb laut. »Sie hat nicht alle Kinder gequält, sondern sich nur eines herausgepickt und das ist gestorben. Das heißt, Pia Baumann ist womöglich vom Täter zum Opfer geworden«, ergänzte Kolb.

Satzig betrachtete eingehend die Tatorttafel, bevor er sagte: »Wir müssen noch einmal mit dem Sohn sprechen. Adrian Baumann hat uns nicht erzählt, dass Viola Merten Strafantrag gegen seine Mutter gestellt hat.«

»Womöglich wusste er es nicht«, schlug Kolb vor. »Laut seiner Aussage hat sie mit ihm später nie über das Heim gesprochen.«

»Oder aber er hat es uns verheimlicht, dann will ich wissen warum. Auch über das angespannte Verhältnis von seiner Exfrau zu seiner Mutter hat er sich ausgeschwiegen.«

»Womöglich wieder die Scheu, schlecht über die Verstorbene zu sprechen«, entgegnete Kolb daraufhin.

»Entweder das oder es gibt dafür andere Gründe, gehen wir zu ihm und fragen ihn.«

20

Adrian Baumann hatte sich zunächst über den unerwarteten Besuch gewundert, vor allem, als er bemerkt hatte, dass sein Gegenüber keinerlei Hemmungen zu haben schien. Es war, als hätte ihre gemeinsame Vergangenheit ein unsichtbares Band zwischen ihnen geknüpft.

»Ich störe nur ungern«, vernahm Adrian die freundlich vorgetragenen Worte, die dennoch keinen Zweifel daran ließen, dass ihnen eine Forderung folgen würde.

Der Satz: »Ich brauche deine Hilfe«, hatte seine Vermutung keine Sekunde später bestätigt.

Nun standen sie auf den Resten der abgebrannten Ruine und blickten in die Ferne. Adrian war angespannt, sagte offen: »Ich erinnere mich nicht gerne an die Zeit im Heim.«

»Du warst ja nur ein Besucher«, tat man seine Bemerkung leichthin ab.

»Sie war meine Mutter, ich hatte sie all die Zeit um mich herum.«

Daraufhin schwiegen beide und zogen fast zeitgleich die Schultern in die Höhe, um dem eisigen Wind zu trotzen, der sie zwang, laut zu sprechen, um einander zu verstehen.

Das leise: »Sie war ein schlechter Mensch«, hatte Adrian daher auch nicht gehört, vermutlich hätte er jedoch nicht widersprochen.

»Sie haben es verfallen lassen«, sagte er stattdessen und erst jetzt wurde ihm bewusst, dass er sich all die Jahre nie danach erkundigt hatte, niemals neugierig gewesen war, und alles, was ihn mit dem Heim verband, aus seinem Leben gelöscht hatte.

Um so intensiver betrachtete er nun die Landschaft, als gäbe es etwas nachzuholen, wirkte ein wenig abwesend, während er fragte: »Sie ist doch von dieser Mauer gestürzt, oder?«

Im Augenwinkel konnte er ein Schulterzucken registrieren. Dann folgten die Worte: »Ich nehme es an, wirklich gesagt, an welcher Stelle genau es passiert ist, hat man uns nie.«

»Ich weiß nur …«, schien es Adrian für seine Pflicht zu halten, Auskunft zu geben. Er drehte sich und deutete hinter sich Richtung Himmel. »Dass es dort oben ein Dachfenster gab, aus dem sie geklettert ist. Dann rutschte sie über das Dach Richtung Mauer.«

Die Gebäudeteile, die er beschrieb, existierten nicht mehr. Lediglich eine zerfallene Steinwand im Innenhof zeugte noch davon, dass dort einmal ein Kinderheim gestanden hatte. An einigen Stellen war die graue Ruine mit Graffiti überzogen. Aber auch die bunten Farben nahmen ihr nicht den Schrecken.

»Hat etwas von einem Friedhof«, sagte Adrian deshalb spontan. »Komisch, dass man das Grundstück nicht vollständig geräumt und verkauft hat.«

Ein heiseres Auflachen ließ ihn annehmen, dass es dafür einen Grund gab.

»Du interessierst dich wohl nicht für die Vergangenheit«, warf man ihm überrascht an den Kopf und erklärte: »Die haben Schadstoffe in der Bausubstanz und im Boden gefunden. Das zu entsorgen kostet ein Vermögen und bislang weiß man nicht, was für unerwartete Dinge noch entdeckt werden. Offensichtlich kümmert sich niemand mehr um die Überreste des Heims und wie es aussieht, gilt das Gleiche für die Gefahr, die von den Giftstoffen ausgeht, sonst hätten sie die Umzäunung erneuert.«

Adrian wusste, was gemeint war. Augenscheinlich hatte man kurz nach dem Brand einen Zaun um die Ruine des ehemaligen Kinderheims gezogen, sich sogar die Mühe gemacht, die Pfosten zwischen dem Drahtgeflecht einzubetonieren. Allerdings war davon heute kaum noch etwas übrig. Direkt unter ihnen war der Maschendraht sogar komplett entfernt worden, womöglich hatte ihn jemand geklaut. Die spitz zulaufenden Pfosten hatte man nicht mitnehmen können und so wirkten sie wie zurückgelassene Wächter, die unermüdlich ihre Aufgabe erledigten, auch wenn der angesetzte Rost bereits darauf hindeutete, dass sie eines Tages klein beigeben mussten.

»Sandra hätte nicht sterben dürfen, das hat alles verändert«, drangen die Worte zwischen dem pfeifenden Wind an Adrians Ohr.

»Niemand weiß, wie es gekommen wäre, wenn Sie weitergelebt hätte«, warf der nun ein, selbst überrascht, wie nüchtern er mit der Tragödie umging.

»Du verteidigst deine Mutter, das war ja zu erwarten.«

»Das hat nichts mit ihr zu tun«, blieb Adrian sachlich und betrachtete erneut die Reste des Zauns. Plötzlich war ihm mulmig zumute. Ohne seine Begleitung anzublicken, fragte er sich, wie Sandra es wohl empfunden hatte zu sterben. Sie musste schreckliche Angst gehabt haben. Die Vorstellung verursachte ihm eine Gänsehaut, sodass er ein gemurmeltes: »Es tut mir leid« nicht unterdrücken konnte.

»Mitgefühl ändert nichts, aber Taten, Taten können etwas ändern«, sprach man nun eindringlich auf ihn ein.

Von weitem hätte man die beiden Gestalten auf der Mauer womöglich für zwei übermütige Teenager gehalten, die sich unerlaubt Einlass verschafft hatten und sicherlich nichts Bösartiges, sondern eher etwas Unsinniges im Schilde führten. Dieser imaginäre Beobachter hätte nicht wissen können, dass sich gerade ein Streit zwischen den beiden entwickelte. Noch war es ein zurückhaltendes Geplänkel, aber nichtsdestotrotz schwelte bereits das Feuer, dem nur noch der richtige Brandbeschleuniger fehlte, um zu einer heftigen Auseinandersetzung zu entflammen. Jemandem, der Körperhaltungen interpretieren konnte, würde das sicher sofort auffallen. Denn standen die beiden zunächst nebeneinander, änderte sich jetzt ihre Position.

Man drehte sich zueinander, starrte sich in die Augen angriffslustig, kampfbereit – und wie aus dem Nichts erschien wieder die Teufelsfratze, die quasi das unumstößliche Signal darstellte, einen weiteren Mord begehen, ein Leben auslöschen zu müssen. Plötzlich stürzte erneut, genau wie damals Sandra, ein Mensch in die Tiefe. Sein markerschütternder Schrei übertönte sogar das immer stärker werdende Wüten der Natur. Doch dieses Mal gab es keinen Aufprall auf dem Boden, denn dieses Mal traf der Körper auf einen der spitzen Pfosten des alten Zauns.

Langsam, fast schon geschmeidig, bohrte sich die metallene Spitze durch den Leib, trat im Rücken ein und fand ihren Weg durch die Brust, aus der sie schließlich herausragte, wie der gen Himmel ausgerichtete Arm des Siegers eines harten Zweikampfes. Der Tod trat nicht sofort ein, sodass der unerträgliche Schmerz, der das Sterben begleitete, zunächst durch ein Wimmern, dann durch ein hilfloses Röcheln zum Ausdruck gebracht wurde.

Die zweite Gestalt auf der Mauer war bereits verschwunden. Sie hatte sich auf den Weg nach unten gemacht, um – so konnte man meinen – das Schauspiel, das sich bot, wenn eine Seele den Körper verließ, nicht zu verpassen.

Die Teufelsfratze war noch nicht verschwunden, auch wenn sie sich verändert hatte. Sie wirkte angesichts des nahenden Todes längst nicht mehr so bedrohlich, aber das änderte nichts.

Der Boden um den Pfosten herum knisterte bei jedem Schritt, der getan wurde. Überall lagen Glassplitter und Müll, auch ein abgebrochener Flaschenhals.

»Ich werde es beenden, hier und jetzt«, zischte die Gestalt, die eben noch auf der Mauer gestanden hatte.

Als die verdreckten Überreste einer Bierflasche an die Kehle des aufgespießten Opfers gehalten wurden, bereit diese aufzuschlitzen, ertönte plötzlich ein Schuss; jemand schrie: »Fallen lassen! Sofort fallen lassen und Hände auf den Kopf!«

Hauptkommissar Satzig schien wie aus dem Nichts aufgetaucht zu sein, um ihn herum wurden weitere Polizisten sichtbar, bereit, sich dem aufgepfählten, reglosen Körper zu nähern.

»Herr Baumann!«, rief der Beamte.

Aber Adrian schien nichts zu hören, nicht zu reagieren.

»Herr Baumann«, wiederholte Satzig sein Rufen.

Adrian blieb reglos und stumm – und da geschah es. In Sekundenbruchteilen zerfetzte die abgebrochene Flasche sein Gesicht. Schnelle Schnitte, diagonal von der Schläfe bis zum Unterkiefer, erst von links nach rechts, dann von rechts nach links, sodass zunächst ein rotes X auf Adrians Gesicht erschien. Als die Flasche ein drittes Mal angesetzt und vom Haaransatz nach unten gerissen werden sollte, war Satzig nahe genug dran, um einzugreifen.

»Aufhören …«, keuchte der Beamte und in Richtung seines Teams schrie er nach den Sanitätern.

Menschen umringten Adrian Baumann. Er lebte noch, verlor aber viel Blut. Die Schnitte im Gesicht waren tief, hatten die Augen schwer verletzt und es war fraglich, ob er das überstehen würde, abgesehen von der lebenslangen Entstellung.

»Seid vorsichtig«, gab Satzig den Rettungssanitätern mit auf den Weg.

Natürlich wusste er, dass das unnötig war. Die Männer machten den Job schon lange genug, um zu wissen, wie man mit jemandem wie Adrian Baumann umging. Trotzdem war es dem Beamten ein Bedürfnis gewesen, geboren aus der Hilflosigkeit, denn als der Krankenwagen abfuhr, fiel sein Blick traurig auf die Leiche. »Wir kamen zu spät!«, rief er wütend aus.

»Wie hätten wir das wissen können«, entgegnete Kolb mit belegter Stimme. »Aber dafür ist es jetzt vorbei«, fügte er noch unsicher an und legte für einen Augenblick kameradschaftlich seine Hand auf Satzigs Schulter. »Der Fall ist gelöst, das ist doch … das Wichtigste.«

»Sicher«, presste der Hauptkommissar zwischen den Lippen hindurch. Sie hatten den Täter gefunden, jetzt blieb nur noch die Frage nach dem *Warum*. Warum hatte Adrian Baumann all diese Menschen und sogar die eigene Mutter getötet?

21

Hauptkommissar Satzig wartete auf den Anruf des Krankenhauses, noch war Adrian Baumann nicht ansprechbar.

»Mann, wieso habe ich das übersehen«, stöhnte der Beamte und stützte den Kopf in die Hände.

Kolb, der ihm gegenübersaß, murmelte: »Immerhin waren wir nahe dran, standen sogar bereits vor Baumanns Tür.«

Satzig winkte ab, erinnerte sich zurück, wie sie zum Haus von Adrian Baumann gefahren waren und ihnen die völlig aufgelöste Mitarbeiterin des Mannes geöffnet hatte.

»Es ist ihm doch nichts passiert?«, hatte sie besorgt gefragt, sich dann aber sofort korrigiert und erklärt: »Nein, dann wären Sie ja nicht hier, oder? Wenn es schlechte Nachrichten von ihm gäbe, dann würden Sie nicht bei ihm zu Hause vorbeikommen.« Noch bevor man ihr antworten konnte, riss sie entsetzt die Augen auf und rief: »Oder er ist tot und Sie möchten alles durchsuchen. Ist er tot? Wenn ja, dann ist das meine Schuld, ich hätte etwas unternehmen müssen, ich …«

»Jetzt beruhigen Sie sich erst einmal«, sprach Satzig mit väterlicher Stimme. »Wir sind lediglich hier, weil wir mit Herrn Baumann reden möchten. Allerdings frage ich mich, warum Sie befürchten, dass ihm etwas zugestoßen ist.«

Sie rang mit den Tränen, schluchzte sogar und antwortete schließlich mit zittriger Stimme: »Wir waren nicht verabredet, aber ich dachte, ich sehe nach Adrian. Schließlich macht er gerade eine schwere Zeit durch. Der Tod der eigenen Mutter, durch die Hand eines Mörders, das ist heftig.«

Sie standen immer noch im Eingangsbereich, sodass der kalte Wind seinen Weg in die sonst so anheimelnden Praxisräume fand. Mit einer fahrigen Handbewegung signalisierte ihnen die Frau einzutreten, bevor sie mit zittriger Stimme weitersprach. »Ich schloss mit meinem Schlüssel auf, aber Adrian war nicht da. Ich rief nach ihm, erhielt keine Antwort. Dann versuchte ich es auf seinem Handy.« Sie lachte auf. »Sein Klingelton ist ein pfeifender Vogel, wirklich unverkennbar. Als ich hörte, dass es oben in seiner Wohnung klingelte, ging ich hinauf. Dort fand ich das Handy und dachte: Er ist sicher bald zurück. Vielleicht kauft er etwas in dem kleinen Supermarkt um die Ecke. Wir gehen dort öfter hin, wenn wir schnell etwas benötigen …« Sie bemerkte, dass sie abschweifte, und räusperte sich. »Jedenfalls nahm ich automatisch an, dass er gleich wieder auftaucht, und wollte warten. Na ja«, sie sah verlegen zur Seite, errötete sogar, als sie anfügte: »Ich musste auf die Toilette und da ich gerade oben in seiner Wohnung war, ging ich ins Bad. Dort fand ich dann den zerbrochenen Spiegel.«

Sie machte mit dem Kopf ein Zeichen Richtung Decke. »Deshalb bin ich so beunruhigt.«

Eilig stiegen die Beamten die Treppe hinauf. Satzig nahm an, dass die Mitarbeiterin die Gunst der Stunde genutzt hatte, um etwas zu spionieren. Es war augenscheinlich, dass sie sich sehr für Adrian Baumann interessierte. Aber das spielte keine Rolle, zumal ihnen die Neugier der Frau womöglich half, ein weiteres Unglück zu verhindern.

Die Beamten betraten das Badezimmer. Überall lagen Scherben und Splitter. Der überdimensionale Spiegel über dem doppelten Waschbecken schien in Millionen kleine Stücke zersprungen zu sein.

Hinter ihnen hörten sie Adrians Mitarbeiterin sagen: »Er hat die Scherben einfach liegen lassen und da ist auch Blut.«

»Wie lange sind Sie schon hier?«, fragte Satzig beunruhigt.

»Etwa eine halbe Stunde. Wie ich gesagt habe, bin ich dem Klingeln seines Handys gefolgt, es wäre ja möglich gewesen, dass Adrian eingeschlafen war. Zunächst habe ich gewartet«, wieder der verschämte Seitenblick, vermutlich weil sie nicht untätig gewesen war, sondern in den Schränken geschnüffelt hatte. »Dann betrat ich das Bad und fand das Chaos.«

Mit ängstlichem Blick versuchte sie, in Satzigs Gesicht eine Antwort zu finden, aber der verzog keine Miene, daher fügte sie an: »Noch bevor ich darüber nachdenken konnte, was denn nun zu tun wäre, klingelte es an der Tür und Sie standen davor. Ich bin in Sorge, befürchte, dass ihm etwas zugestoßen ist. Ich weiß«, tat sie das nun ab, »ich übertreibe es bestimmt. Vermutlich kommt er gleich durch die Tür und alles war nur ein großes Missverständnis.«

»Ist denn sein Auto noch da?«, mischte sich Kolb ungeduldig ein.

»Nein, aber falls er einen Kasten Mineralwasser holen wollte, braucht er das natürlich.«

Satzig hatte sich schließlich mit seinem Kollegen beraten und gesagt: »Eine Abwesenheit von einer knappen Stunde ist eigentlich kein Grund sich aufzuregen. Unter anderen Umständen hätte ich gesagt, wir warten einfach, bis er wieder auftaucht, aber das mit dem kaputten Spiegel ist doch merkwürdig. Normalerweise würde man den Schaden doch wenigstens oberflächlich beseitigen, die groben

Scherben einsammeln, etwas fegen, das Blut abwischen.«

»Eventuell hatte er einen Termin und keine Zeit mehr. Ist ja nicht so, dass er befürchten muss, dass jemand die Scherben stiehlt.«

»Er hat sein Handy zurückgelassen«, fuhr Satzig fort.

»Ein weiteres Indiz dafür, dass er eilig fort musste«, argumentierte Kolb.

Der Hauptkommissar hatte ein ungutes Gefühl gehabt. Immerhin hatte irgendwer Adrian Baumanns Mutter getötet und den Sohn eines Erziehers, durchaus denkbar, dass auch Adrian in Gefahr war. Der nächste Weg hatte die Beamten daher zu Viola Merten geführt. Erik war bei ihr gewesen, aber von Nico Grauer hatte jede Spur gefehlt. Mit großen Augen hatte sie die Frau angestarrt. Satzig war nicht entgangen, dass sie plötzlich in großer Sorge gewesen war.

»Ich weiß nicht, wo Nico ist.« Den Blick in die Ferne gerichtet, hatte sie schließlich gehaucht: »Er wird doch keine Dummheiten gemacht haben?«

»Wie meinen Sie das?«, ging Satzig Viola daraufhin scharf an.

»Es ist nur, dass er in letzter Zeit ständig das Bedürfnis hat, mir zu beweisen, dass er alles für mich tun würde, ich hoffe nicht, dass er leichtsinnig wurde.«

»*Leichtsinnig* in der Art, dass er Menschen umbringt?«, verlor schließlich Kolb die Geduld.

»Was reden Sie denn da!«, fuhr ihn Viola an. »Nico

könnte niemanden etwas zuleide tun, er ist nicht wie wir.«

»Und mit wir meinen Sie Ihren Freund Erik und sich selbst?«, warf Kolb ein und Viola nickte.

»Wo ist Nico?«, hakte Satzig gereizt nach.

»Ich weiß es nicht«, gab sie ihm, aus der Fassung gebracht, Antwort. »Er sagte, er müsse etwas erledigen, etwas, das mich glücklich machen würde, und er wäre bald zurück.« Sie blickte den Beamten unschuldig an. »Er hat die Straßenbahn genommen, ich ging davon aus, dass er mir Blumen kauft oder so.«

»Adrian Baumann ist verschwunden«, entgegnete Satzig trocken und beobachtete jede Regung im Gesicht der Frau.

Die berührte mit den Fingern der rechten Hand ihre Lippen, schien schockiert. »Das hat nichts mit Nico zu tun«, blaffte sie dann wütend.

»Versuchen Sie, ihn auf dem Handy zu erreichen, jetzt sofort.«

Aber niemand hatte abgenommen.

Nico und Adrian Baumann schienen wie vom Erdboden verschluckt und dann hatte Hauptkommissar Satzig eine intuitive Entscheidung getroffen. »Suchen wir dort, wo alles angefangen hat.«

Kurz darauf hatten sie die Ruine des ehemaligen Kinderheims erreicht. Dort wo sich vor vierzig Jahren bereits schon einmal eine schreckliche Tragödie ereignet hatte, war nun wieder ein Mensch gestorben und ein weiterer war zum Mörder geworden – und nun wartete der Hauptkommissar ungeduldig auf Antworten.

Tief in Gedanken versunken, schreckte Satzig auf, als das Handy klingelte.

»Herr Baumann ist wach«, teilte ihm der Arzt des Krankenhauses mit. »Er möchte mit Ihnen sprechen.«

22

Im Krankenhaus

Hauptkommissar Satzig wusste nicht, was ihn erwarten würde. Zwar hatte Adrian Baumann ausdrücklich um ein Gespräch mit der Polizei gebeten, aber der Hauptkommissar hätte sich gewünscht, dieses könnte im Vernehmungszimmer stattfinden. Kolb begleitete seinen Kollegen und so gingen die Männer nun schweigend durch die Gänge der Klinik.

Vor dem Krankenzimmer trat ihnen der Arzt mit ernster Miene gegenüber. »Der Patient ist noch sehr schwach. Ich kann Sie nur ermahnen, umsichtig zu sein. Seine Verletzungen sind gravierend. Der Blutverlust, die Schmerzen, der fehlende Wille, gesund zu werden, erschweren die Heilung. Das linke Auge ist verloren, womöglich gelingt es, die Sehkraft des rechten zu erhalten, aber das lässt sich jetzt noch nicht sagen. Die Einschnitte sind sehr tief. Wir haben ihn vorerst stabilisiert, aber die Genesung wird lange dauern.«

Kolb lag auf der Zunge zu sagen: *Verschwenden Sie nicht Ihre Zeit mit dem Mann, der hat Ihre Fürsorge nämlich nicht verdient,* aber er behielt das für sich. Wusste er doch, dass der Arzt einen Eid geleistet hatte, jedem die Hilfe zukommen zu lassen, die er benötigte und das schloss auch einen Mörder nicht aus.

»Zu erfahren, was geschehen ist, wird den Angehörigen der Opfer helfen, Frieden zu finden«, entgegnete Satzig dem Mediziner. »Wir müssen davon ausgehen, dass Adrian Baumann mehrere Menschen getötet hat, deshalb ist es wichtig, dass ich mit ihm spreche.«

Sein Gegenüber nickte, ersparte sich weitere Ermahnungen und sagte lediglich: »Eine der Pflegekräfte wird anwesend sein, nur für den Notfall.«

»Sicher«, stimmte Satzig zu und atmete tief durch, bevor er gemeinsam mit seinem Kollegen das Krankenzimmer betrat.

Ein Pfleger stand am Bett und kontrollierte den Tropf, nickte den Beamten zu und sagte: »Wir haben auf seinen Wunsch hin die Schmerzmittel reduziert. Er wollte bei klarem Verstand sein, wenn er mit Ihnen spricht.«

Satzig murmelte: »In Ordnung« und trat näher.

Adrian Baumann lag flach auf dem Rücken, das

Gesicht fast vollständig bandagiert, nur die Nasenlöcher und der Mund waren frei. Die Augen hatte man mit Wundgaze abgedeckt. Für Satzig wirkte es beinahe schicksalhaft, dass der Mann nun genau wie seine Opfer aussah, nur dass er bei denen das Panzerband verwendet hatte.

Langsam hob Adrian die Hand. Ihm gelangen nur wenige Zentimeter, weil die gesetzte Kanüle bei der Bewegung zu sehr schmerzte.

»Ist die Polizei hier?«, fragte er heiser. »Hauptkommissar Satzig?«

»Zwei Beamte«, gab der Pfleger Antwort.

»Ich bin hier«, erwiderte Satzig und auch wenn man normalerweise in diesen Satz, gesprochen an einem Krankenbett, Sanftmut und Trost legt, hatte ihn der Hauptkommissar emotionslos geäußert.

»Sie nehmen es mir übel«, erkannte Adrian, wie Satzig gerade fühlte. »Ich habe kein Mitleid erwartet«, fügte er röchelnd an. »Ich habe gar nichts erwartet, am wenigsten noch einmal zu mir zu kommen«, fuhr er bitter fort. »Die sollen mich sterben lassen«, fügte er noch an.

Daraufhin herrschte Stille, weder der Pfleger noch die Beamten kommentierten die Bemerkung, was ihn auflachen ließ. Gequält kräuselte sich jedoch sofort sein Mund, denn jede Bewegung der Gesichtsmuskulatur verursachte ihm Schmerzen. »Sie sind ebenfalls der Meinung, dass ich sterben sollte.

Diese ganzen Behandlungen, sind doch nur Heuchelei. Ist es nicht so?«

»Wir sind hier, weil wir verstehen möchten, was passiert ist«, gab sich Satzig einen Ruck, bemüht, sowenig wie möglich Gefühl in seine Stimme zu legen.

»Ich weiß nicht, was passiert ist«, stammelte Adrian und Kolb gab ein abschätziges Zungenschnalzen von sich.

»Oh, ich werde Ihnen alles sagen, was ich weiß – aber ich habe keine Ahnung, ob Ihnen das genügt«, reagierte Baumann daraufhin. »Ich will es Ihnen erklären«, fuhr er fort, »Ich brauche keinen Anwalt oder Arzt, ich will es Ihnen einfach erklären und dann sterben.«

»Dann erklären Sie uns, warum Sie Ihre Mutter getötet haben, warum Ralf Linde und Hannah Ohlendorf sterben mussten und warum am Ende auch Nico Grauer durch Ihre Hand den Tod fand.«

»Es fing mit Ralf Linde an«, gab Baumann unumwunden zu. »Er rief mich an, spielte mir eine Aufnahme vor.«

»Er hat Sie also erpresst«, stellte Kolb klar.

»Mehr oder weniger«, antwortete Adrian zweideutig.

Die Beamten warfen sich einen vielsagenden Blick zu, wurden sie gerade an der Nase herumgeführt oder war es Baumann wirklich ernst.

Sehen konnte der die Polizisten nicht, schien aber zu spüren, dass die an seiner Aufrichtigkeit zweifelten, denn er beeilte sich, fortzufahren. »Linde glaubte zumindest, dass ich bereit wäre zu bezahlen.«

»Was war auf dem Band?«, hakte Satzig nach.

»Meine Mutter«, stöhnte Adrian, »meine Mutter im Gespräch mit Ottmar Linde, dem Vater von Ralf. Die beiden waren damals in dem Kinderheim angestellt und auf dem Band sprechen sie über den Tod von Sandra Merten. Darüber, dass das Mädchen abhauen wollte, dass meine Mutter sie auf der Mauer entdeckt und ihr gedroht hat, falls sie nicht sofort zurückkommt. Was dazu führte, dass Sandra erschrak, den Halt verlor und stürzte.«

»Es war also ein Unfall?«, fasste Kolb nach.

»Sicherlich würden es die Gerichte so sehen, aber eigentlich hat meine Mutter das Mädchen dazu getrieben. Sie hat Sandra gequält, ihr das Leben im Heim unmöglich gemacht.«

»Und wissen Sie auch warum?«

»Meinetwegen«, gab Adrian erschöpft Antwort. »Sandra und ich mochten uns. Meine Mutter hat mir den Kontakt mit Sandra jedoch verboten, angeblich, weil sie nicht wollte, dass ich mit den Heimkindern etwas zu tun hatte. Sie behauptete Sandra wäre frühreif und kriminell und vieles mehr. In Wirklichkeit war sie einfach nur krankhaft eifersüchtig. Man muss sich das einmal vorstellen, eine erwachsene Frau kann es nicht ertragen, dass ihr zehnjähriger Sohn mit einem Mädchen spielt.«

Wieder warfen sich die Beamten einen Blick zu,

dieses Mal dachten beide an das, was sie über Adrians Vater erfahren hatten, nämlich dass der in der Nacht seines Todes mit einer anderen Frau zusammen gewesen war. Gut möglich, dass Pia Baumann danach ihren Zorn von der Liebhaberin ihres Mannes auf Sandra Merten projiziert hatte.

»Wenn der Tod von Sandra Merten ein Unfall war«, hakte Satzig nach, »mit was wollte Sie Ralf Linde dann erpressen?«

»Mit dem, was meine Mutter mir angetan hat«, entgegnete Adrian kraftlos.

Eines der angeschlossenen medizinischen Geräte piepste und erst, als der Pfleger ihnen zunickte, fragte der Hauptkommissar nach: »Was hat sie Ihnen angetan?«

»An dem Abend war Sandra Merten nicht allein auf der Mauer. Ich wollte mit ihr gehen, ich wollte fort von dem Heim, meiner Mutter. Nachdem Sandra von meiner Mutter so schlecht behandelt wurde, haben wir uns nur noch heimlich getroffen, niemand wusste davon, Sandra verriet es nicht einmal ihrer Schwester, um die zu schützen. Also haben wir das Geheimnis bewahrt. Wir waren schon fast bei der Regenrinne, als wir die Schreie meiner Mutter hörten. Sie rief uns durch ein Fenster hinterher und fuchtelte mit der Taschenlampe herum. Sandra verlor den Halt, ruderte mit den Armen, und erwischte den Ärmel meiner Jacke. Sie riss mich mit in die Tiefe und ich schlug mit dem Kopf auf. Am nächsten Tag konnte ich mich nur noch daran erinnern, dass ich mit Sandra auf der Mauer stand. Da hat mir meine Mutter dann erzählt, was angeblich passiert sei«, heiseres Husten folgte, als er versuchte, bitter aufzulachen. »Ihre Version der Geschichte, die, mit der sie mich zu ihrem Sklaven machen konnte. Sie behauptete, dass es meine Schuld gewesen wäre, dass ich Sandra dazu verleitet hätte, auf die Mauer zu steigen und sie dort überredet hätte, irgendwelche Kunststücke zu machen wie auf dem Schwebebalken. Am Ende sei sie durch meinen Übermut gestürzt und zu Tode gekommen. Dass sie mich mitgerissen hat, war natürlich keine Entschuldigung. Im Prinzip hatte ich Sandra laut meiner Mutter auf dem Gewissen.«

»Ihre Mutter hat Ihnen erzählt, dass Sie ein anderes Kind *ermordet* haben?«, fragte Kolb fassungslos.

»Das hat sie, und gleichzeitig hat sie mir versichert, dass sie mich beschützen würde. Dass niemand käme, um Fragen zu stellen. Wir würden sagen, ich hätte gerade Mumps und müsste das Bett hüten. Alle glaubten, Sandra wäre in dieser Nacht allein unterwegs gewesen und ich lebte ab diesem Zeitpunkt mit einer schrecklichen Schuld und dem Gefühl, auf alle Zeit meiner Mutter dafür dankbar sein zu müssen, dass sie mich gedeckt hatte. Ich wusste, wie es in einem Heim sein kann, und meine Mutter hat mir eingeredet, dass ich womöglich in eine solche Einrichtung käme, wenn jemand erfährt, was ich getan hätte.«

»Und das haben Sie geglaubt?«, war es wieder Kolb, der nachhakte.

»Ich war zehn Jahre alt und es war meine Mutter, die mir das gesagt hat, natürlich habe ich das geglaubt.«

»Und später?«, ließ der Oberkommissar nicht locker.

»Und später glaubte ich, was ich glauben wollte, nämlich dass meine Mutter mich beschützt hat. Es spielte auch keine Rolle, ob ihre Drohung, dass man mich in eine Anstalt stecken würde, angemessen war oder nicht. Ich fühlte eine so große Schuld, litt ständig unter dem Gefühl, die Verantwortung für den Tod eines Menschen zu tragen, dass ich gar nicht in der Lage war, jemand anderem etwas vorzuwerfen. Sie fragen sich vermutlich, was passiert wäre, wenn ich mich wieder erinnert hätte.« Er wartete keine Antwort ab, sondern erklärte: »Auch das war auf dem Band zu hören. Ottmar Linde hat meiner Mutter die gleiche Frage gestellt und sie hat ihm geantwortet, dann einfach zu behaupten, dass mir mein Gehirn einen Streich spielen würde. Damit ich die Schuld besser ertragen könnte, würde es mir vorgaukeln, dass ich an Sandras Tod nicht beteiligt gewesen wäre, aber diese Erinnerung sei nicht real.« Adrian stieß einen langen Seufzer aus. »Meine Exfrau hat mich oft gefragt, warum ich den Kontakt zu meiner Mutter nicht schon längst abgebrochen hätte. Schließlich war sie weder freundlich noch liebevoll, noch an meinem Glück interessiert. Was niemand wusste, war eben, dass ich ihr zutiefst verpflichtet war, dafür, dass sie mich beim Tod von Sandra Merten gedeckt hat. Ihr war es gelungen, mir diese Dankbarkeit regelrecht einzupflanzen. Und sie hat verstanden, mich immer wieder daran zu erinnern. Natürlich nie direkt, aber ich begriff auch so.«

»Und dann kam Ralf Linde mit einer Aufnahme?«, führte ihn Satzig zurück zu der Erpressung.

»Dieser Kleinkriminelle hat mich angerufen, mir die Aufnahme vorgespielt«, zischte Adrian. »Auf dem Band gibt meine Mutter zu, dass sie mir eintrichtern will, dass Sandras Tod meine Schuld gewesen wäre, dass Angst ein probates Mittel ist, um Kinder gefügig zu machen. Sie sagte zu Ottmar Linde, dass sie schließlich meine Mutter sei, und Kinder glauben das, was ihnen eine Mutter sagt. Die Mutter ist die unfehlbare Göttin für ein Kind und die richtigen Knöpfe gedrückt, verleiht ihr das eine ungeheuerliche Macht. Ottmar Linde hat vermutlich vorgehabt, meine Mutter damit eines Tages zu erpressen, wenn er jemals einen Leumundszeugen benötigt und sie sich geweigert hätte, zu seinen Gunsten auszusagen. Ich bin mir heute ziemlich sicher, dass der seine Finger nicht von den kleinen Mädchen und Jungs lassen konnte und lediglich Glück hatte, dass ihn nie jemand angezeigt hat. Jedenfalls hat er dafür gesorgt, dass meine Mutter auf dem Band darüber spricht, wie sie Sandra gequält hat. Natürlich mit dem Argument, dass sie das Kind dadurch zur Räson bringen wollte. Aber man hört sehr wohl heraus, dass sie eine unbändige Freude daran hatte. Sie hat Sandra gehasst, sie hat mich gehasst, sie hat alle und jeden gehasst.« Er stöhnte leise und der Pfleger kontrollierte erneut die Geräte. »Ihren Hass hat sie sich bis ins hohe Alter bewahrt, kein Wunder, dass sich mein Vater damals eine andere Frau gesucht hat.«

»Sie wussten darüber Bescheid?«, hakte Kolb nach.

»Ich bin zufällig einmal auf den Unfallbericht gestoßen. Als ich mit ihr darüber reden wollte, hat sie sich als das Opfer eines rücksichtslosen Ehemannes hingestellt, heute nehme ich an, dass sie ihn mit ihrer Eifersucht und ihrer Bosheit direkt in die Arme der anderen getrieben hat. Ich fragte sie damals, warum sie denn dann überhaupt auf den Friedhof geht, warum sie das Grab nicht längst aufgelöst hat. Wissen Sie, was sie geantwortet hat?« Dieses Mal kam ein krächzender Laut aus Adrians Kehle, der seine Enttäuschung über die Frau, die ihn geboren hatte, ausdrücken sollte. »Sie hat mir geantwortet: ›Wenn ich vor seinem Grab stehe, dann genieße ich zu wissen, dass er unter der Erde verrottet und ich noch lebe. Ich genieße es, dass er für seinen Verrat an mir mit dem Tod bestraft wurde. Das ist es mir wert, dieses Grab zu pflegen und zu bezahlen. Diese täglichen Friedhofsbesuche halten mich am Leben‹.« Er stieß einen leisen Seufzer aus und murmelte: »Wenn ich heute darüber nachdenke, dann kann ich nur sagen: Sie war ein Monster.«

»Warum denken Sie, war es Ihrer Mutter so wichtig, dass Sie nicht die Wahrheit über den Unfall von Sandra Merten erfahren?«, ließ Satzig nicht locker. »Es stand doch fest, dass es ein Unfall war.«

»Sicher«, gab Adrian bereitwillig Auskunft, »aber meine Mutter wollte unter allen Umständen verhindern, dass mich irgendwer dazu befragt. Natürlich konnte ich mich nicht an den Unfall erinnern, aber daran, dass Sandra unglücklich im Heim war und von meiner Mutter schlecht behandelt wurde, daran schon. Wenn die Behörden erfahren hätten, dass ich ebenfalls auf der Mauer war, dann hätte man mich dazu sicher befragt. Womöglich hätte ich mich verplappert, gesagt, dass Sandra flüchten wollte, weil es im Heim so furchtbar für sie war. Also hat meine Mutter dafür gesorgt, dass sich niemand für mich interessiert und ich auf jeden Fall den Mund halte, und zwar für alle Zeit. Und die anderen Kinder wurden nicht befragt, es gab ja keine Zeugen. Außerdem wäre meine Mutter bei den Befragungen unter Garantie dabei gewesen, die waren viel zu eingeschüchtert, um etwas zu verraten. Die mussten schließlich damit rechnen, dass sie später den ganzen Zorn meiner Mutter abbekommen, wenn sie etwas *Falsches* aussagen. Damit war Sandras Tod eben ein tragischer Unfall. Nur ein Mädchen, das übermütig einen nächtlichen Spaziergang auf der Mauer unternommen hat.«

»Und das war alles auf dem Band, das Ihnen Ralf Linde verkaufen wollte?«

»Ja, das war alles auf dem Band«, antwortete Adrian nachdenklich. »Ich hörte ihre Stimme, die Berechnung, die Kaltblütigkeit, mit der sie mich zu einem Leben als Mörder verdammt hat. Diese entsetzliche Schuld war jeden Tag präsent. Und das hat sie in Kauf genommen, nur um ein paar lästige Fragen zum Tod eines Mädchens zu vermeiden, nur um mich gefügig zu machen. Sie war eine Sadistin, eine grausame Sadistin. Meine Exfrau hatte die ganze Zeit über Recht.«

»Trotzdem will mir nicht ganz einleuchten, warum Ralf Linde damit zu Ihnen kam. Warum hat er nicht Ihre Mutter erpresst, der sollte doch viel mehr daran gelegen haben, dass das Band nicht in falsche Hände kommt.«

Wieder versuchte Adrian ein Lachen, wieder stöhnte er daraufhin gequält. »Ralf Linde war sicher kein Genie, aber er hat wohl schnell herausgefunden, dass meine Mutter überhaupt kein Geld hat. Dagegen sah er mein Haus, die Praxis, das Auto und glaubte, dass ich in der Lage wäre, ihn zu bezahlen. Als er mir sagte, er hätte die Wahrheit für mich, da sagte er auch: ›Und ich nehme an, es wird Ihnen nicht gefallen, wenn Ihre Patienten davon erfahren, was da all die Jahre vertuscht wurde und dass Ihre Mutter das eigene Kind einem Psychoterror ausgesetzt hat. Das würde sicher zu allerlei Gerede führen. Sowas kann ziemlich unangenehm und peinlich werden. Womöglich werden Sie manche Ihrer Patienten bemitleiden, die Mehrzahl jedoch sicher für einen gestörten Menschen halten. Lässt man sich von so jemanden dann noch behandeln? Ganz abgesehen von den neugierigen Fragen, die gestellt werden. Und erst der Skandal, wenn gegen Ihre Mutter ermittelt wird, das wäre sicher schlecht für Ihre Praxis …‹«

Adrian holte tief Luft. »Wäre ich ein anderer gewesen, dann hätte ich umgehend die Polizei angerufen und ihn angezeigt, womöglich kam mir der Gedanke auch für einen Augenblick, aber dann habe ich sie gesehen. Es war das erste Mal und plötzlich wusste ich, was zu tun war.«

»*Wen* haben Sie gesehen?«, fasste Satzig sofort nach.

»Die Teufelsfratze«, antwortete Adrian, ohne zu zögern. »Ich sah sie im Spiegel gegenüber, wie sie mich angestarrt, provoziert hat. Als wollte sie sagen, du wirst mich nicht wieder los, aber das konnte und wollte ich nicht hinnehmen. Ralf Linde nannte mir einen Treffpunkt und ich erschien. Die Teufelsfratze erwartete mich dort bereits, so wie ich es befürchtet hatte. Ich wollte sie zerstören, zumindest für immer unkenntlich und unschädlich machen, sie einfangen, weil es das einzig Richtige war. Ich hatte alles dabei, das Beil, das Panzerband, um sie dahinter für immer verschwinden zu lassen. Meine Mutter trug sie ebenfalls, als ich sie auf dem Friedhof abfing, genau so wie diese Frau, die mir Versprechungen gemacht hat mit ihrem Gott und ihrem Glauben. Sie war plötzlich überall, im Spiegel in meinem Badezimmer, auf der Straße. Nico tauchte bei mir auf und auch da erschien sie wieder!«

»Warum war Nico Grauer überhaupt bei Ihnen?«, unterbrach ihn der Hauptkommissar.

»Er pochte darauf, dass ich ihn zu einem Anwalt begleite, um dort ein Schriftstück aufzusetzen und zu unterschreiben.«

»Wie bitte?«, reagierte Satzig überrascht.

»Der arme Idiot wollte das für seine Freundin machen. Ich sollte eine eidesstattliche Versicherung abgeben, dass meine Mutter Sandra Merten gequält und in den Tod getrieben hat. Er meinte: ›Deine Mutter ist tot, der schadest du damit nicht, aber Viola würde das sehr glücklich machen. Sie könnte dann endlich ihren Frieden finden, wenn sie einen offiziellen Beweis für die Schuld deiner Mutter hat.‹ Ich habe gesagt, dass ich es mir überlege, dass ich aber zuvor noch einmal zu dem Heim möchte. Er fuhr mit mir mit, versuchte, mich zu überzeugen, wir gerieten darüber in Streit und da war ja immer noch die Teufelsfratze, die ich beseitigen musste. Aber als Sie dort auftauchten, da begriff ich, dass es erst mit mir enden würde. Wenn Sie mich hätten sterben lassen, dann wäre die Teufelsfratze nun endgültig zerstört …«

Die Wunden unter den Verbänden waren noch nicht verschlossen, an manchen Stellen schimmerte das Blut lediglich rosa durch, andere waren dunkelrot getränkt. Jod und Salben verfärbten die weißen Bandagen ebenfalls. Die abgedeckten Augen ließen kaum etwas erkennen, aber dann fiel Satzig doch die einzelne Träne auf, die im Augenwinkel des Kranken erschien und im Mull versickerte, als hätte es sie nie gegeben.

»Meine Mutter hat nur ihren Hass geliebt«, sagte Adrian schließlich erschöpft. »Geliebter Hass, nicht geliebter Sohn«, fügte er heiser an. »Wie viele Menschen hätten ihr Glück gefunden, wenn es diesen Hass nicht gegeben hätte.«

Im nächsten Augenblick verkrampfte sich Adrians Körper, die Apparate schlugen Alarm, der Pfleger drängte die Beamten zur Seite und innerhalb weniger Minuten versammelte sich ein medizinisches Notfallteam um das Bett.

»Sollen wir nun dafür beten, dass er stirbt oder dass er weiterlebt«, murmelte Kolb. »Was wäre gerecht den Opfern gegenüber?«

»Gerecht wäre, dass sie noch leben«, gab Satzig mit belegter Stimme Antwort und als die medizinischen Geräte verstummten, die Ärzte und Pfleger einen Schritt vom Bett zurücktraten und man ihnen mit einem Kopfschütteln signalisierte, dass Adrian Baumann verstorben war, empfand der Hauptkommissar weder Befriedigung noch Trauer, sondern tiefes Bedauern darüber, dass der Hass eines Einzelnen so viel Unglück zur Folge gehabt hatte.

EPILOG

Hauptkommissar Satzig wusste selbst nicht, warum er den Friedhof aufgesucht hatte. Normalerweise blieb er solchen Orten vor allem in der Freizeit fern, hatte er doch schon von Berufswegen genug mit Tod und Trauer zu tun.

Dennoch zog es ihn zu dem Grab von Nico Grauer, fast so, als müsse er das als eine Art Buße tun, weil er dessen Mord nicht hatte verhindern können. Der Grabstein war mittlerweile gesetzt, Viola hatte sich für einen weißen Quader entschieden. *Geliebter Nico* stand dort, weiter nichts. Andererseits sagten diese beiden Worte auch alles. Auf der kleinen Fläche davor hatte man bunte Blumen gepflanzt. Im Gegensatz zu den anderen Gräbern, auf denen nur eine Sorte blühte, waren bei Nico verschiedene Gattungen kombiniert worden.

»Sie hätte ich nun nicht hier erwartet«, hörte der

Hauptkommissar plötzlich eine Stimme hinter sich und drehte sich erschrocken um.

Obwohl er sich nicht rechtfertigen musste, war es ihm unangenehm, ausgerechnet auf Erik zu treffen. Dennoch sagte er freundlich: »Wie geht es Ihnen?«

Überraschenderweise erwiderte Erik sehr aufrichtig: »Es wird nicht wirklich leichter«, und Tränen füllten seine Augen. »Ich versuche, stark zu sein für Viola, aber Nico war wie ein Bruder und er fehlt mir.«

Erik ging in die Knie und zupfte sorgfältig einige verwelkte Blätter ab. »Ich bin nicht besonders begabt mit Blumen, die letzten sind mir eingegangen«, erklärte er bitter.

Dann richtete er sich auf, bemüht, etwas von seiner gewohnten Lässigkeit zurückzugewinnen, und sagte: »Ist nett von Ihnen, dass Sie nach Nico sehen.«

»Es tut mir sehr leid«, erwiderte Satzig mit belegter Stimme.

Erik sah in die Ferne, murmelte: »Ich habe ihm immer vorgeworfen, dass er eine Buchhalterseele hätte, dass er nicht risikofreudig wäre, die einzige Gefahr in seinem Leben die scharfe Kante eines Blatt Papiers sei, und am Ende ist er vor mir gestorben. Ich dachte immer, wenn mir etwas passiert, dann wird er für Viola sorgen, das hat mich beruhigt, aber jetzt hat sie nur noch mich.«

»Es ist gut, dass Sie einander haben«, warf Satzig ein, dem es schwerfiel, die richtigen Worte zu finden.

»Ja«, erwiderte Erik müde, »aber es fühlt sich dennoch so an, als wären wir nicht mehr komplett.«

Sie hatten sich verabschiedet und Satzig machte sich auf den Weg zum Boxtraining. Er hatte lange mit sich gerungen, aber schließlich fasste er sich heute ein Herz und versammelte die Gruppe um sich. Es folgten die üblichen Flapsigkeiten, vorlaute Sprüche und Rempeleien, bis der Hauptkommissar mit ungewöhnlich ernster Miene erklärte: »Ich möchte heute etwas mit euch besprechen, setzt euch.«

Offenbar spürten die Jugendlichen seine Anspannungen und unterließen spöttische Kommentare, als sie auf dem Boden der Sporthalle Platz nahmen.

Satzig sah von einem zum anderen, sagte schließlich: »Ich möchte mit euch über Vertrauen und Freundschaft sprechen, aber auch über Missbrauch und sexuelle Übergriffe. Ich möchte auch, dass ihr wisst, dass ihr jederzeit«, er ließ erneut seinen Blick schweifen und wiederholte, »jederzeit zu mir kommen könnt. Egal, um was es geht …«

An diesem Tag war das Boxen in den Hintergrund gerückt, stattdessen hatte sich eine lebhafte Diskussion entwickelt und das Eis zwischen Satzig und seinen Schützlingen schien wieder ein Stück mehr gebrochen. Am Ende des Trainings war es schließlich Tim, der den Hauptkommissar mit den Worten verabschiedete: »Sie sind schon in Ordnung«, was Satzig mit einem amüsierten: »Freut mich, zu hören« quittierte.

* * *

Was Adrian Baumann anging, hatte sich Satzig nach dessen Tod noch mit einem Fallanalytiker vom Landeskriminalamt und erfahrenen Psychologen unterhalten.

»Diese *Teufelsfratze,* von der er da immer spricht« – er hatte den Kollegen die Aufnahme mit Adrian Baumanns Geständnis vorgespielt – »ist euch so etwas schon einmal untergekommen? Ich nehme an, das ist ähnlich wie bei denen, die Stimmen hören und glauben, den Befehl einer übergeordneten Macht auszuüben oder etwas in der Art.«

Die Kollegen zeigten sich interessiert und einer erklärte: »Tatsächlich gibt es eine Erkrankung mit dem unaussprechlichen Namen *Prosopometamorphopsie,* bei der die Patienten die Gesichter anderer Menschen entstellt und verzerrt, eventuell auch als *dämonisch* wahrnehmen. Sie ist bislang nur wenig erforscht, gilt als eine Art Störung des visuellen Systems. Womöglich wurde bei Adrian Baumann dafür bereits durch die schwere Kopfverletzung nach seinem Sturz in der Kindheit der Grundstein gelegt. Das kombiniert mit dem Trauma, als er nach vierzig Jahren die Wahrheit erfährt, könnte eine Ursache für das Auftauchen dieser Teufelsfratze sein.«

»Ja«, erwiderte Satzig nachdenklich, »bedauerlicherweise hat er sich für all seine Probleme keine Hilfe geholt, sondern sich entschieden zu töten. Am Ende war es dann wohl die eigene Teufelsfratze, die er zerstören musste.«

* * *

Der Fall Adrian Baumann geriet langsam in Vergessenheit und die Beamten bekamen neue Einsätze. Wieder einmal saß Hauptkommissar Satzig in der Küche von Kolbs Eltern und ließ sich den Kaffee schmecken, während er zu seiner Rechten die Boxerhündin Helga hinter den Ohren kraulte.

»Sie verwöhnen sie«, bemerkte Kolbs Mutter mit einem seligen Lächeln. »Wir sind ja so erleichtert, dass wir jetzt einen Hund im Haus haben, wo doch ständig etwas passiert. Unser Mädchen hat ein ordentliches Stimmchen, da traut sich so schnell kein Einbrecher herein.«

Noch bevor Satzig etwas erwidern konnte, tauchte Kolbs Vater auf. Der Hund stürzte sich sofort auf den Mann, so als hätten sich die beiden seit Jahren nicht mehr gesehen. Sichtlich geschmeichelt erwiderte der die Freude mit Streicheleinheiten und sagte leichthin: »Ich war doch nur auf dem Klo.«

Oberkommissar Kolb betrachtete das Schauspiel mit Genugtuung, sein Plan war voll und ganz aufgegangen. Helga hatte ihre aller Leben zum Positiven verändert.

»Ich könnte jemanden einstellen, der mit ihr mittags Gassi geht, wenn ich nicht da bin, das würde euch entlasten«, bemerkte er wie nebenbei, und zwinkerte in Satzigs Richtung.

Daraufhin folgte ein Sturm der Entrüstung. Sein Vater rief: »Wieso denn das? Fremde Leute, die den Hund nicht kennen. Die wissen doch gar nicht, wo Helga gerne läuft. Du kannst wirklich unsensibel sein, Junge«, warf er seinem Sohn vor. »Als würde ich mir nicht die Zeit für das Tier nehmen.«

»Von mir aus«, gab Kolb scheinbar klein bei und fügte dann an: »Soll ich noch Hundefutter mitbringen, ich glaube, die haben etwas im Angebot bei …«

Dieses Mal ging die Mutter auf die Barrikaden. »Solange ich noch einen Fuß vor den anderen setzen kann, wird in diesem Haushalt für Helga gekocht!«, erklärte sie resolut. »Unser Mädchen hat einen empfindlichen Magen, da kann man nicht irgendetwas füttern.« Wie zur Bestätigung stieß der Hund ein leises Winseln aus, was die Mutter veranlasste zu sagen: »Siehst du, jetzt hast du sie aufgeregt mit deinen dämlichen Vorschlägen.«

Satzig lachte auf und erklärte: »Ja, so kenne ich meinen Kollegen«, während der den Hund tätschelte und gespielt beleidigt sagte: »Ich kann mich nicht erinnern, dass ich in diesem Haushalt jemals so verwöhnt wurde.«

Es folgte empörter Protest der Eltern und schließlich verließen die Beamten unter Gelächter das Haus, um in die Dienststelle zu fahren.

Auf dem Weg dorthin bemerkte Satzig: »Hast du gut gemacht. Ich glaube, deine Eltern blühen richtig auf, seit Helga bei euch eingezogen ist.«

»Das bin ich den beiden doch schuldig«, antwortete Kolb ernst. »Weißt du, mir ist erst bei dem Fall Adrian Baumann so richtig bewusst geworden, wie viel Glück ich mit meinen Eltern habe.«

»Das hast du tatsächlich«, entgegnete sein Kollege ebenfalls ernst. »Ist gut, wenn uns gelegentlich bewusst wird, was wir alles haben, anstatt immer nur daran zu denken, was uns fehlt.«

Ende

SCHLUSSWORT UND ANMERKUNGEN

Alle Personen, Institutionen und Handlungen in meinem Psychothriller »Geliebter Hass«, nebst Namen und Bezeichnungen sind frei erfunden. Ähnlichkeiten mit lebenden oder toten Personen und deren Handlungen sind rein zufällig und nicht beabsichtigt. Das gilt unter anderem auch für die Dienststellen in Frankfurt, den Friedhof »Stille Ruhe«, Auroras Glaubensgemeinschaft, das Kinderheim und die alte Klosteranlage mit der Mühle.

Allerdings sind einige meiner Schauplätze durchaus real, so zum Beispiel der Stadtwald, Frankfurt Rödelheim, die Gallusanlage oder die Alte Oper. Natürlich gibt es in Frankfurt weit mehr zu entdecken, aber leider hätte die Erwähnung der zahlreichen schönen Plätze und Sehenswürdigkeiten den Rahmen des Buches gesprengt.

Die Krankheit *Prosopometamorphopsie* gibt es tatsächlich. Betroffene haben eine veränderte Wahrnehmung von Gesichtern, die ihnen meist merkwürdig entstellt, verzerrt und hässlich erscheinen. Die Krankheit ist noch nicht gänzlich erforscht, allerdings gibt es Studien, die als Ursache Schädigungen oder Anomalien bestimmter Gehirnbereiche, Kopf- und Hirntraumata und oder seelische Belastungen vermuten lassen.

Ich freue mich, dass Sie sich für meinen Psychothriller »Geliebter Hass« entschieden haben und bedanke mich ganz herzlich fürs Lesen. Ich hoffe, ich konnte Ihnen auch dieses Mal einige spannende und unterhaltsame Lesestunden bereiten! Damit der Nervenkitzel weiter anhält, finden Sie anbei noch eine Leseprobe meines Psychothrillers »Trauerherz«.

Herzliche Grüße
Ihre Ilona Bulazel

LESEPROBE »TRAUERHERZ« (PSYCHOTHRILLER)

Die Tränen, die in tiefem Rot über die Wangen flossen, ergaben nun einen Sinn. Endlich kam er zur Ruhe, endlich verschwand das Gefühl, getrieben zu sein.

Anette Auer muss sich seit dem Tod ihres Mannes alleine um die einjährigen Zwillinge und ihren elfjährigen Sohn Janik kümmern. Gerade als sie glaubt, die traurige Vergangenheit würde hinter ihr liegen, erschüttert ein brutales Verbrechen das Leben der kleinen Familie – Janiks Schulkamerad wird ermordet in einem Heidelberger Freibad aufgefunden!

Der Täter hat ihn grausam zugerichtet und eine Botschaft hinterlassen. Obwohl es zunächst so aussieht, als wäre das Opfer zufällig ausgewählt worden, entdecken die Ermittler plötzlich Hinweise auf ein persönliches Motiv.

Hauptkommissarin Kronbach und ihr Kollege

müssen herausfinden, was es mit dem Ritual der blutigen Tränen auf sich hat. Sie fürchten zudem um das Leben eines weiteren Kindes, das womöglich Zeuge einer grausamen Tat geworden ist. Der Fall wird noch komplizierter, als weitere Leichen auftauchen …

Wer schweigt aus Angst, wer aus Trauer und wer, um seine mörderischen Neigungen zu verbergen?

Der Psychothriller »Trauerherz« zeigt auf, was passiert, wenn die Furcht eine gepeinigte Seele verschlungen hat und am Ende nur noch Gewalt bleibt!

Als E-Book und Taschenbuch bei Amazon erhältlich.

KAPITEL 1

Das Messer in seiner Hand war plötzlich kein Fremdkörper mehr, sondern ein Teil von ihm selbst. Als sich die Klinge in das Fleisch des anderen bohrte, glaubte er sogar, er könne spüren, was sich unter der gespannten Haut seines Opfers verbarg. Die Muskeln und Organe, das Fettgewebe und das warme Blut schienen ihn zu begrüßen und die Schneide freudig zu empfangen.

So beobachtete er voller Genuss die Krämpfe, die den geschundenen Körper hin und her schüttelten und verstand das letzte Röcheln des Sterbenden als das liebevolle Flüstern einer Mutter, die ihm sagte, dass alles gut werden würde.

Plötzlich war der Zorn verflogen und mit einem Mal fand er Frieden. Selbst als vor seinem geistigen Auge das wütende Gesicht auftauchte, das ihn in früheren Alpträumen verfolgt hatte, schreckte ihn das nicht mehr. Auch die Tränen, die in tiefem Rot über die Wangen flossen, ergaben nun einen Sinn. Endlich kam er zur Ruhe, endlich verschwand das Gefühl, getrieben zu sein.

Keuchend hielt er inne, betrachtete den Menschen, der vor ihm auf dem Boden lag, und neigte leicht den Kopf zur Seite. Wie alt mochte der tote Junge sein? Sicherlich noch nicht volljährig, dennoch war er groß und kräftig. Man sah sogar einen Bauchansatz – wobei man das nicht mehr mit Sicherheit sagen konnte, denn das Blut aus den tiefen Wunden hatte sich bereits wie das Laken eines Leichenbestatters über das Opfer gelegt. Nur das Gesicht des Toten war bis auf wenige rote Sprenkel, die man auf der sonnengebräunten Haut kaum wahrnahm, unberührt.

Noch nicht der Gefahr bewusst, entdeckt zu werden, setzte er das Messer noch einmal an. Während der Mord einem irrsinnigen Wüten geglichen hatte, war hingegen das, was nun folgte, eher ein sanftes *Streicheln* mit der Klinge, das von einem beinahe zärtlichen Gesichtsausdruck begleitet wurde.

Dann jedoch verschwand das Gefühl von Ruhe und Ausgeglichenheit abrupt und dem Mörder wurde bewusst, welches Risiko er eingegangen war. Was, wenn man ihn gesehen hatte? Was, wenn er nicht unbemerkt entkam? Seine Augen wanderten über den eigenen Körper, der vom Blut seines Opfers nicht verschont geblieben war. Sein Gehirn arbeitete auf

Hochtouren und fand Lösungen. Kurze Zeit später war er verschwunden.

* * *

Janik jedoch hielt sich immer noch versteckt. Sein Körper klebte regelrecht an der Wand, so als könne er sich dadurch unsichtbar machen und mit dem weißen Plastik der Kabinen verschmelzen, einem Chamäleon gleich. Er bekam kaum Luft, was daran lag, dass er vor lauter Angst das Atmen eingestellt hatte. Niemand sollte ihn schnaufen hören. Warum war er nicht gegangen, als er noch konnte? Warum hatte er der Neugier nachgegeben?

Der Elfjährige presste fest die Augen zusammen – dennoch sah er immer noch die zappelnden Füße, die nicht aufhörten zu zucken. Er hätte sich gewünscht, dass sich die Beine des anderen Jungen einfach entspannen würden, damit es so wirkte, als würde der ruhig auf dem Boden liegen, aber die Bewegungen hatten angedauert. Schließlich nahm Janik all seinen Mut zusammen und spähte erneut um die Ecke. Die Füße waren verschwunden. Erleichtert atmete er aus, sog dann heftig Luft ein, um den Mangel an Sauerstoff auszugleichen.

Der düstere Gang war noch leer, aber langsam begann Janik, seine Umgebung wieder wahrzunehmen. Als hätte jemand die Lautstärke aufgedreht, hörte er nun das vergnügte Kreischen der Kinder, das Lachen und Grölen der anderen Badegäste. Automatisch sah er auf die Uhr.

Volle Stunde, dachte Janik, *der Sprungturm ist offen.*

Benommen verließ er sein Versteck, zog sich T-Shirt und Sporthose über und machte sich auf den Weg. Niemand beachtete ihn, als er das Freibad verließ. Die Sonne stand immer noch hoch am Himmel, brannte durch das Oberteil hindurch auf seine Schultern. Er hätte die Baseballkappe aufziehen müssen, aber daran dachte er nicht. Wie in Trance ging er zur Haltestelle. Als der Bus vor ihm zum Stehen kam und sich die Türen mit einem Zischen öffneten, zuckte er zusammen.

Der Fahrer erkannte ihn und fragte gut gelaunt: »Na, war es schön im Schwimmbad?«

Janik nickte, besann sich dann und gab Antwort: »Ja, super!«

Anschließend setzte er sich auf einen freien Platz und stierte aus dem Fenster. Allerdings sah er nicht die Heidelberger Häuser und Straßen, sondern nur die nackten Füße des Jungen, die hektische Bewegungen vollführten, so als wollten sie nach etwas treten.

Fast hätte er seine Haltestelle verpasst, konnte aber dann doch noch rechtzeitig aussteigen. Der Elfjährige presste die Lippen aufeinander, er musste sich zusammenreißen, so wie er es seit einem Jahr immer tat. Ja, er würde sich nichts anmerken lassen und einfach weiterhin versuchen zu überleben.

KAPITEL 2

Der fünfunddreißigjährige Oberkommissar Fabian Dietrich hatte kalt geduscht, sich ein Bier aus dem Kühlschrank geholt, die Liege in den Schatten geschoben und sich gerade darauf ausgestreckt, als er den Wagen seiner Frau Thea hörte. Im ersten Moment verzog er genervt das Gesicht, woraufhin er sofort ein schlechtes Gewissen bekam. Eigentlich müsste er doch froh sein, dass Thea früher als erwartet nach Hause kam. Allerdings hatte seine Ehefrau eine sehr intensive, anstrengende Art und gehörte zu den Menschen, die ständig in Bewegung sein mussten, was es ihm wiederum schwer machen würde, den Rest seines freien Tages in Ruhe zu verbringen.

»Du liegst hier wie ein Opa«, sagte sie zur Begrüßung und rauschte ins Haus, ohne eine Antwort abzuwarten.

Fabian atmete tief durch, wusste, dass sie gleich

wieder auftauchen und irgendetwas von ihm verlangen würde.

»Sieh mal, was ich ergattert habe«, stand sie kurz darauf vor ihm, dieses Mal in ein eng geschnittenes pinkfarbenes langes *Etwas* gehüllt, das großzügig ihre gebräunte Haut zeigte.

»Wow«, antwortete er anerkennend und verspürte das Bedürfnis, Thea zu berühren.

Aber noch bevor er aufstehen konnte, schnappte sie: »Das ist alles? Wow? Das hört sich an, als würdest du eine Stripteasetänzerin anfeuern.«

Fabian verzog das Gesicht, entgegnete jedoch ruhig: »Ich wollte dir lediglich ein Kompliment machen.«

»Das war plump«, reagierte sie genervt und sah an sich herunter, drehte sich ein paar Mal um die eigene Achse, schien ihn vergessen zu haben.

»Und was wäre nicht plump?«, fasste er geduldig nach.

Sie schnaubte. »Keine Ahnung, vielleicht: Das steht dir gut, bringt deine blauen Augen zur Geltung, unterstreicht deine hervorragende Figur.« Dann schnalzte sie mit der Zunge und schnappte: »Nun ja, wir wissen ja beide, dass du nicht besonders geschickt darin bist, die richtigen Worte zu finden.«

»Was soll das denn nun wieder heißen?«, fragte Fabian, der sich mittlerweile ärgerte.

»Wenn du dich besser verkaufen könntest, dann wäre dir vermutlich niemand vor die Nase gesetzt worden.«

»Das schon wieder«, erwiderte er müde.

»Schon klar«, giftete Thea, »dich interessiert deine Karriere nicht. Du hast überhaupt keinen Ehrgeiz.«

»Das ist keine Frage des Ehrgeizes, sondern von Planstellen. Die Ernennung zum Hauptkommissar kommt schon noch.«

»Sicher«, erwiderte sie mit hochgezogenen Augenbrauen und setzte nach: »Ronja und ihr Mann ziehen demnächst in die Weststadt um.«

»Wenn die sich das leisten können«, antwortete Fabian uninteressiert.

»Wir könnten das auch, wenn du in die freie Wirtschaft wechseln würdest. Die Sicherheitsbranche ist im Wachstum, die suchen ständig gute Leute fürs Management.«

»Ich bin Ermittler und kein Bürohengst.«

»Schon gut«, winkte sie ab. »Dann rette eben weiterhin für einen Hungerlohn die Welt.«

Kurz herrschte Schweigen, dann lenkte Fabian ein, stand auf und sagte mit einem Lächeln: »Das Kleid steht dir hervorragend, betont deine blauen Augen und deine umwerfende Figur.«

Thea entspannte sich, schien bereit, Frieden zu schließen. Als er sie jedoch umarmen wollte, wich sie zurück und rief entsetzt: »Du bist verschwitzt, willst du mein Kleid ruinieren. Ich werde es zur Party tragen.«

Fabians Gesichtsausdruck wurde düster, als er mit wenig Begeisterung antwortete: »Ach ja, die Party.«

»Ja, *die Party*. Ich werde meine Beförderung jedenfalls feiern.«

»Wir hätten ein paar Tage wegfahren können. Nur wir beide. Von dem Geld, was der Catering-Service kostet, wäre sogar eine Flugreise drin gewesen.«

Sie sah ihn enttäuscht an. »Die Leute, mit denen ich verkehre, erwarten eine Party. Du hast wirklich keine Ahnung, wie man vorankommt. Na ja, dafür hast du ja dann mich. Lade die Neue dazu ein, womöglich ist es nützlich, der in den Arsch zu kriechen.«

Fabian wollte etwas erwidern, bemerkte, wie Wut in ihm aufflammte, und erwischte sich dabei, an Sabine zu denken. Sabine, seine Exfreundin, Theas Vorgängerin und das krasse Gegenteil seiner Frau. Die hätte ihm nie solche Dinge an den Kopf geworfen, allerdings hatte die auch nicht Theas Ausstrahlung und Power gehabt; etwas, das ihn zumindest vor acht Jahren fasziniert hatte.

Er griff zu seinem Bier, aber noch bevor er einen Schluck trinken konnte, klingelte sein Diensthandy.

Als er abnahm, hörte er Thea murmeln: »Fantastisch, das war's ja dann mit dem Essen beim Italiener.«

KAPITEL 3

Als Fabian Dietrich am Tatort ankam, herrschte dort Chaos. Trotz der Bemühungen der Streifenbeamten war es nicht möglich gewesen, die Schaulustigen alle nach Hause zu schicken. Auf dem Gelände des Kirchheimer Freibads hatte sich an diesem Samstag eine Rekordzahl Sonnenhungriger eingefunden. Die heißen Sommertage lockten die Menschen in die kühlen Becken und wer konnte, blieb für den bezahlten Eintritt bis zur Schließung um 19.00 Uhr.

Der Oberkommissar kämpfte sich durch die Menge halbbekleideter Badegäste, die mit nassen Haaren und Handtüchern den Sanitärbereich belagerten.

»Bis wir kamen, hatte sich der Mord schon herumgesprochen«, klärte ihn einer der Streifenkollegen auf, der gleichzeitig für Fabian das gestreifte Absperrband in die Höhe hob, damit dieser darunter durchschlüpfen konnte.

»Wir hatten Mühe, den Umkleidebereich abzusperren. Wie du siehst, gibt es mehrere Zugänge.«

Fabian blickte sich um. »Ich weiß«, sagte er bitter, »ich kenne das Freibad.«

Der Kollege nickte wissend und erklärte: »Ich auch, meine Frau ist regelmäßig mit den Kindern hier, wenn ich Dienst habe. Ein Glück, dass unsere Jüngste heute an einem Judowettkampf teilnimmt. Der Mord war brutal, furchtbarer Anblick«, fügte er kopfschüttelnd an, wollte noch etwas ergänzen, brach aber mitten im Satz ab, als hinter ihnen lautstark Anweisungen gegeben wurden.

»Die Absperrung muss ausgeweitet werden, nehmt die Personalien der Leute auf und schickt sie anschließend nach Hause.«

Die Aussicht auf eine Zeugenvorladung verschreckte die Neugierigen. Innerhalb kürzester Zeit halbierte sich die Menge.

»Na, wenn ihr die alle befragen wollt, dann Prost Mahlzeit«, raunte der Kollege in Fabians Richtung. »Die Neue scheint ihrem Ruf, ein Arbeitstier zu sein, alle Ehre zu machen.«

Fabian blieb eine Antwort erspart, denn *die Neue* hatte sie bereits erreicht.

Hauptkommissarin Natalie Kronbach reagierte verwundert, als sie Fabian erkannte. »Sie sind schon da?«

»Wohne um die Ecke«, erwiderte der knapp.

»Gut, was wissen wir bis jetzt?«, kam sie daraufhin gleich zur Sache.

Der Streifenbeamte sprang ein. »Die haben den Jungen in einer der Umkleidekabinen gefunden, der Gerichtsmediziner ist bereits eingetroffen.«

Die Hauptkommissarin ließ ihren Blick schweifen, sah auf die Liegewiese, die aus lauter plattgedrückten Rechtecken bestand. Ein Hinweis darauf, wie viele Menschen in den letzten Tagen dort ihre Handtücher ausgebreitet hatten. Die Becken waren jetzt menschenleer, aber vermutlich hatte man im Laufe des Tages darin kaum die Möglichkeit gehabt, lange Bahnen zu schwimmen.

»Schafft endlich die Leute weg«, stieß sie genervt zwischen den Zähnen hervor und drehte sich um. »Das ist also das Sanitärgebäude«, stellte sie fest und erwartete offenbar weitere Erklärungen.

Fabian bequemte sich zu antworten. »Das ist der alte Umkleide- und Duschbereich. Vor zwei Jahren wurde ein zweiter Bau errichtet, direkt bei den Sprungtürmen. Dieses Gebäude hat mehrere Eingänge und etwa hundert Kabinen. In dem hinteren Teil sind die mit den Duschen.«

Natalie Kronbach setzte sich in Bewegung. Sie bat nicht darum, dass man ihr folgte, sondern ging einfach davon aus, dass das geschah. Die beiden Männer trotteten hinter ihr her. Fabian fragte sich, was Thea wohl über die Hauptkommissarin sagen würde.

Vermutlich nichts Schmeichelhaftes, obwohl Natalie Kronbach mit ihren neununddreißig Jahren eine hervorragende Beamtin zu sein schien. Zumindest sagte das der Flurfunk. Fabian hatte noch nie über das Aussehen seiner neuen Kollegin nachgedacht. Warum ihm gerade jetzt auffiel, dass sie eigentlich eine sehr sinnliche Figur hatte, wusste er selbst nicht. Offenbar war sie nicht von zu Hause gekommen, sondern von irgendwoher, wo sie sich nicht mehr hatte umziehen können. Deshalb war es ihm jetzt möglich, ihre muskulösen Beine in den kurzen Jeans und den Turnschuhen zu betrachten. Ob sie viel Sport trieb?

»Wer hat den Jungen gefunden?«, drehte sie sich so abrupt um, dass Fabian beinahe mit ihr zusammengestoßen wäre.

»Der Hausmeister, wollt ihr ihn befragen?«, antwortete der Streifenkollege.

»Natürlich wollen wir das«, schnappte Natalie ungeduldig.

Sie waren an den Kabinen linker und rechter Hand des langen Flurs vorbeigegangen und erreichten schließlich die, in der der tote Junge lag. Sie schlüpften in Schutzanzüge, dann erst traten der Oberkommissar und seine Kollegin näher.

»Mindestens zehn Einstiche«, sagte der Arzt tonlos. »Todeszeit zwischen 16.00 und 18.00 Uhr, eher jedoch vor 17.00 Uhr.«

»Und niemand hat etwas bemerkt?«, hakte sie ungläubig nach.

»Meines Wissens«, antwortete der Gerichtsmediziner ein wenig von oben herab, »war die Tür bis 18.00 Uhr verschlossen, da konnte ihn natürlich niemand sehen.« Es war eindeutig, dass er Natalie Kronbach nicht mochte. Seiner Meinung nach hatte sie Fabian Dietrich, den er sehr schätzte, die Beförderung vor der Nase weggeschnappt.

»Wie sollte das möglich sein? Das Opfer wird sich ja wohl kaum selbst eingeschlossen haben, nachdem es ermordet wurde«, reagierte sie ungeduldig.

»Tja, darauf eine Antwort zu finden, ist nicht meine Angelegenheit«, erwiderte der Arzt schnippisch. »Ich kann nur sagen, wann und wie er gestorben ist, und«, fügte er noch spitz an, »ich denke, das ist die Tatwaffe.« Er hielt eine Archivierungstüte in Händen und wedelte damit nun vor Natalies Nase herum, sodass sie das offene Springmesser mit der scharfen Klinge, an der noch ein wenig Blut klebte, sehen konnte. »Wir bringen es gleich ins Labor, vielleicht haben wir Glück. Aber ich bezweifle das.«

»Schwierige Spurenlage?«, überhörte sie gelassen den unfreundlichen Tonfall ihres Gegenübers.

»So kann man sagen«, fuhr der immer noch reserviert fort. Sein behandschuhter Finger wanderte Richtung Decke.

Die Beamten folgten seinem Blick. In der Kabine konnte man sich nicht nur umziehen, sondern auch duschen. »Der Täter hat die Leiche abgespült, so gesehen das perfekte Verbrechen«, warf der Mann noch ein. »Sämtliche Spuren sind in der Kanalisation verschwunden.«

Erst jetzt fasste sich Natalie ein Herz und betrachtete intensiv den Toten, der nur mit Bermuda-Shorts bekleidet war. Ihr Blick wanderte über die zahlreichen Wunden am Oberkörper. »Es ist noch Blut ausgetreten«, sagte sie nachdenklich, »der Mörder hat also nicht gewartet, bis die Wunden vollständig aufgehört haben zu bluten. Er hatte es eilig, verständlich. Er musste damit rechnen, entdeckt zu werden. Also dreht er das Wasser auf, vermutlich auch, um sich selbst abzuwaschen. Bei dieser Raumgröße und der Brutalität der Tat muss er zwangsläufig Blut abbekommen haben. So hätte er die Kabine nicht verlassen können«, spekulierte sie über den Tathergang.

Niemand widersprach ihr und sie bemühte sich weiterhin, kalt und unnahbar zu klingen. In Wirklichkeit kostete sie das gerade unendlich viel Kraft. »Was sind das für Wunden im Gesicht des Jungen? Die sehen nicht aus wie zufällig bei einem Kampf entstanden oder bei dem Versuch, den Angreifer abzuwehren …«

Der Gerichtsmediziner seufzte. »Ich tippe darauf, dass man ihm die nach dem Tod zugefügt hat. Sie sind nicht sonderlich tief und verlaufen sehr gerade vom unteren Augenlid über die Wange zum Kinn. Zwei lange Schnitte.«

»Er hat also ein Ritual«, murmelte die

Hauptkommissarin, offenbar mehr zu sich selbst. »Wissen wir, wer der Junge ist?«, dieses Mal richtete sie ihre Frage an den Streifenkollegen.

»Der Hausmeister meint, dass der Junge Lucas Brandner heißt«, antwortete der prompt.

»Interessant«, erwiderte die Beamtin daraufhin. »An einem Tag wie heute sind hier wie viele Badegäste? Zweieinhalbtausend? Und ausgerechnet unser Mordopfer ist beim Hausmeister persönlich bekannt.«

»Sie verdächtigen ihn?«, fragte Fabian, ohne zu überlegen.

»Offenbar gab es eine Beziehung zwischen den beiden und er hat den Toten gefunden.«

»Außerdem ist er auch noch auf ihn gefallen«, warf der Streifenbeamte eilig ein.

»Er ist auf ihn *gefallen?*«, stieß die Beamtin ungläubig hervor.

»Ausgerutscht, vor Schreck«, erwiderte ihr Gegenüber kleinlaut, so als müsste er sich dafür entschuldigen.

»Dann will ich eine DNA-Probe des Mannes, damit das Labor abgleichen kann, falls sich am Leichnam ebenfalls DNA des Hausmeisters finden lässt.« Sie stieß einen leisen Fluch aus. »Dieser Tatort ist ein Alptraum.«

»Die haben bereits Fotos von der Leiche ins Netz gestellt«, verkündete der Streifenbeamte nun auch noch.

»Wer konnte Fotos machen?«, fragte Natalie und hätte sich am liebsten die Haare gerauft.

»Jugendliche, die bei den Kabinen herumgeschlichen sind.«

Hauptkommissarin Kronbach schüttelte fassungslos den Kopf und zischte: »Offenbar regiert hier die Inkompetenz.« Dann blickte sie auf und blaffte: »Ich brauche alles über den Jungen, vor allem die Adresse, wir müssen die Eltern informieren. Stellen Sie ein Team zusammen, das sich schnellstmöglich um die Befragung der Badegäste kümmert, deren Personalien wir aufgenommen haben.«

Fabian übernahm es daraufhin, in der Dienststelle anzurufen und veranlasste das, was telefonisch möglich war. Natürlich würde er später noch ins Büro zurückkehren und zudem standen weitere Befragungen an, deshalb sendete der Oberkommissar seiner Frau eine kurze Textnachricht. »Wird heute spät«, schrieb er in aller Eile. Dass er darauf keine Antwort erhielt, wunderte ihn nicht …

EBENFALLS LESENSWERT - »WASSER ZU BLUT« (PSYCHOTHRILLER)

Ein Fall für Stutter und Nau ...

Chrissi rang nach Luft, sah ihrem Mörder direkt in die Augen und wünschte sich, sie wären hässlich und abstoßend. Ihr ganzes Leben lang war sie von Monstern umgeben gewesen, Monstern, die sich hinter freundlichen Gesichtern verbargen – und heute Nacht war das nicht anders ...

Die achtzehnjährige Christiane Roth wird während ihres Sommerurlaubs in Norddeutschland brutal ermordet, eine Mitarbeiterin der Psychiatrie begeht unerwartet Selbstmord und die Oldenburger Polizistin Elsa Carlsen hat Angst um ihre minderjährige Tochter, da diese plötzlich völlig verändert wirkt.

Hauptkommissar Stutter und seine Kollegin Jasmin Nau werden mit den Ermittlungen betraut und finden schnell heraus, dass Chrissi nicht das erste Opfer war.

Schon in der Vergangenheit hat der Mörder seine schreckliche Botschaft hinterlassen. Plötzlich scheinen junge Frauen mit kindlichem Aussehen an den Badestränden der Ostsee nicht mehr sicher …

Die Beamten sind auf der Suche nach einem eiskalten Gegner, der geschickt alle Spuren verwischt, um seine Gier zu befriedigen.

Wie ist es möglich, dass der Täter den Opfern so nahekommt? Wird es Stutter und Nau gelingen, ihn zu stellen, bevor er erneut zuschlägt?

Im Psychothriller »Wasser zu Blut« erlebt der Leser, wie Rache zur Besessenheit, Strategie zum Wahnsinn und Schuld zum Mord führt. Eine nervenaufreibende Konfrontation zwischen Gut und Böse!

Als E-Book und Taschenbuch bei Amazon erhältlich.

WEITERE BÜCHER DER AUTORIN

Alle Bände der Reihen sind in sich abgeschlossen und können unabhängig voneinander gelesen werden.

- Trauerherz (Psychothriller)
- Wasser zu Blut (Psychothriller, Hauptkommissar Stutter Band 8)
- Sepsis – Ersehnte Rache (Psychothriller, Sepsis Band 12)
- Blutschlucht (Psychothriller)
- Verdacht – Blutschmetterling
- Todmädchen (Psychothriller)
- Hassbefleckt (Psychothriller)
- Niemandsengel (Psychothriller, Hauptkommissar Stutter Band 7)
- Sepsis – Zorneskind (Psychothriller, Sepsis Band 11)

- Verdacht – Die tote Stiefmutter
- Mortem – Blutiges Elbufer (Mortem-Reihe, Band 2)
- Der Duft der Opfer (Psychothriller, Hauptkommissar Stutter Band 6)
- Mortem – Blutiger Traum
- Sepsis – Schlafendes Englein (Psychothriller, Sepsis Band 10)
- Sterbendes Herz (Psychothriller, Hauptkommissar Stefan Junck Band 2)
- Die im Regen weinen (Psychothriller, Hauptkommissar Stutter Band 5)
- Der Todeseid (Psychothriller)
- Mein Zorn – Dein Schmerz (Psychothriller)
- Dem Tod verfallen (Psychothriller)
- Tödliche Heilige (Psychothriller, Hauptkommissar Stutter Band 4)
- Mädchen ohne Wiederkehr (Psychothriller)
- Der Engelshenker (Psychothriller, Sepsis Band 8)
- Lebendfalle (Psychothriller)
- Schattenleid (Psychothriller, Hauptkommissar Kaller Band 2)
- Der Schmerzjäger (Psychothriller, Hauptkommissar Stutter Band 3)
- Blutschwarz (Psychothriller, Sepsis Band 7)
- Der Todesprinz (Psychothriller, Hauptkommissar Kaller Band 1)

- Heimtückische Schuld (Psychothriller, Hauptkommissar Stutter Band 2)
- Blutmosaik (Psychothriller, Sepsis Band 6)
- Der Sündenfänger (Psychothriller, Hauptkommissar Stutter Band 1)
- Verdorbene Ernte (Psychothriller)
- Bitterblutige Wahrheit (Kriminalroman)
- Ufer der Angst (Psychothriller, Sepsis Band 5)
- Schmutzige Tränen (Psychothriller)
- Lautloser Hass (Psychothriller, Sepsis Band 4)
- Sepsis – Showblut (Psychothriller, Sepsis Band 3)
- Sepsis – Das Schandmaul (Psychothriller, Sepsis Band 2)
- Sepsis – Verkommenes Blut (Psychothriller, Sepsis Band 1)
- Das Geheimnis von Herculaneum (Historischer Roman)
- Blutiger Schein (Thriller)
- Projekt Todlicht (Thriller)
- Die Akte Aljona (Thriller)
- Operation Castus (Thriller)
- world: reset – Nach den Aschentagen (Krimi/Science-Fiction-Thriller)
- Mystery-Geschichten (Kurzgeschichten)
- SciFi-Geschichten (Kurzgeschichten)

Alle Titel erhalten Sie als E-Book (die Shops finden Sie auf der Website der Autorin unter https://www.autorib.de) oder als Taschenbuch über Amazon.

Printed in Poland
by Amazon Fulfillment
Poland Sp. z o.o., Wrocław

41953361R00156